平安和歌・物語に詠まれた日本の四季

柏木由夫 著

風間書房

目次

夏

秋

冬

はじめに

本書は、四季の折々の様々な事象（景物・行事）が、平安和歌を中心に物語・日記などを含めて、どのように詠まれ、記述されたのかを紹介します。

日本では、移りゆく季節それぞれの特色に対する関心は歴史的な積み重ねがあります。期間は短いが過ごしやすい春・秋と、長く厳しい寒さ暑さに迫られる夏・冬に、どのように折り合いを付け、楽しみ、意欲的創造的に過ごすかの工夫や、それと人生との結びつきが、古典文学での四季の事象についての記述に表れているように思います。

千年前と現代では、生活上のあらゆることが異なっていると言えますが、どこか意外なほど変わらない意識とか好みがあるような気がします。筆者なりに言えば、日本的「和」のテイストとでもいうものには、変わらぬ親しみや憧れがあるのではないでしょうか。

本書では、古語の壁を可能な限り低くし、日ごろ古典文学にほとんど馴染みない読者を期待しています。千年前に示された私たちの意識の原点を確認し、予想外の共感性や新たな発見を得られたら、現代を歩むための力になるだろうとも思います。

春

霞 —春の訪れのベール—

冬から春へ、雪景色が続く日々が徐々に去り、動植物が様々に命の芽吹きを見せ始めて、新たな季節の到来が感じられる地上に先立つように、空から春の訪れを告げるのが霞です。

大伴家持の春と霞

霞は、「古事記」に秋山之下氷壮夫《あきやまのしたびをとこ》との対で、春山之霞壮夫《はるやまのかすみをとこ》という神として登場して春の象徴とされますが、「万葉集」では夏や秋の霞もあります。

朝霞　棚引く野辺に　足ひきの　山ほととぎす　いつか来鳴かむ（万葉・巻十・一九四〇・作者不明）

秋の田の　穂の上に霧《き》らふ　朝霞　何時《いつ》への方に　我が恋やまむ　（万葉・巻二・八八・作者不明）

一首目は、朝霞がたなびいている野辺に山時鳥はいつ来て鳴くのか、との内容で夏の歌。

二首目は、秋の田の稲穂の上に立ち込めた朝霞が晴れないように、いつになったら私の恋のもやもやする思いは終えるのか、というもので秋の歌です。

しかし、霞の多くは春で、春の到来を示すものと思われて詠まれた歌もあります。

久方の　天の香具山　この夕べ　霞たなびく　春立つらしも　（万葉・巻十・一八一二・作者不明）

天の香具山の夕景を霞が覆い、立春を感じています。

春の到来は、時代にかかわらず歓迎されるものですが、古代でも鋭敏な感性を示す歌人がいます。

大伴家持は、天平勝宝五年（七五三）の二月下旬に、

春日遅々、鶬鶊《そうこう》正に啼く。悽惆《せいちう》の意、歌に非《あら》ずして撥《はら》ひ難きのみ。仍《よ》りてこの歌を作り、式《もち》て締緒《ていしょ》を展《の》べたり。

と記して、三首の歌を詠んでいて、それらは家持の絶唱とされます。「鶬鶊」は鶯ともヒバリとも言われます。「悽惆」とは何かしらの失意、「締緒」はもつれ結ばれた心です。ゆったりとした春の日に合うように鶯（ヒバリ）が鳴くが、自分の心は重く、それは歌でなく

春の霞

ては払いのけられない。それで歌を作って凝り固まった心をほぐしたのだ、といった内容です。その中の二首を挙げます。

春の野に　霞たなびき　うら悲し　この夕影に　鶯鳴くも

（万葉・巻十九・四二九〇・大伴家持）

うらうらに　照れる春日に　ひばり上がり　こころ悲しも　ひとりし思へば

（万葉・巻十九・四二九二・大伴家持）

二首が描くのは、霞がかかった春の夕日の下で鶯が鳴く、あるいは明るい春の日射しの中でヒバリが空に舞い上がる情景です。どちらも春ののどかな情景ですが、それと裏腹とも言えるのが「悲し」という作者の思いです。しかし、作者はこの春の情景を嫌っているということではないようです。別に家持の歌で次のものがあります。

月よめば　いまだ冬なり　しかすがに　霞たなびく　春立ちぬとか
（万葉・巻二十・四四九二・大伴家持）

ひばり上がる　春へとさやに　なりぬれば　都も見えず　霞たなびく
（万葉・巻二十・四四三四・大伴家持）

暦ではまだ冬なのに、たなびく霞を見て早くも春になったと思い、また、ヒバリが舞い上がる春に　はっきりなったので、都は霞で覆われていると詠んでいます。これは単なる叙景ではなく、霞がかかっている春の情景を喜ぶ気持ちがあると読めます。むしろ、こちらの方が一般的で素直な春への思いです。春の暖かでやわらかな日差しは、厳しい冬を経て待ちに待った人々への救いであるはずです。

しかし、家持の歌には、他にも「朝開《あさけ》の霞　見れば悲しも」（巻十九・四一四九）、「霞たなびき……椿花咲き　うら悲し」（巻十九・四一七七）、「霞たなびき　田鶴が音の　悲しきよひは」（巻二十・四三九九）などとあります。「春日遅々……」の意図は、心地よくあるべき春に孤独を深め、寂しさに沈んでいる心を歌わずにいられないと解すべきでしょうか。春愁とも言われますが、家持独自の繊細な感覚が時代を超えて届くように思います。

ヒバリ舞う

平安時代以後の和歌での霞

平安時代以後の和歌での霞の詠まれ方をまとめれば以下のようになります。まず「古今集」から霞が春の初めを知らせる自然現象として固定化します。霞は遠くを遮り、花や道などを隠し隔てて、その奥を注目させます。霞の色は浅緑とされますが、漢語では朝焼けや夕焼けを表し、その影響で紅とも表されます。時代が下って中世的美意識が広がるにつれて、霞そのものを美とする関心へと移ります。また、死者を火葬する煙が空に昇って霞になるともされます。それぞれの例は省略して、八代集の中から霞を積極的に評価した歌をいくつか紹介します。

春霞　色のちくさに　見えつるは　たなびく山の　花のかげかも（古今・春下・一〇二・藤原興風）

まず挙げたのは、「古今集」の歌で、霞の色が千種（ちくさ）に美しく、それは様々な花の影だろうと詠んでいます。霞が花を隠す類型の一首ですが、彩る霞であって、霞そのものを美しく描いた和歌として早い作品です。

山高み　都の春を　見渡たせば　ただひとむらの　霞なりけり（後拾遺・春上・三八・大江正言）

次は「後拾遺集」の歌です。詞書が「長楽寺にて故郷の霞の心をよみはべりける」とある題詠です。長楽寺があるのは、京都の東山で現在の円山公園の奥に上った辺りの、繁華な街を見下ろす位置です。ここで故郷に当たるのが都で、都の上を霞が覆っている景色を離れて見下ろした眺望を詠んでいます。

春霞と桜

山桜　にほふあたりの　春霞　風をばよそに　立ち隔てなん　（千載・春上・四八・中納言女王）

大空は　梅のにほひに　霞みつつ　くもりも果てぬ　春の夜の月　（新古今・春上・四〇・藤原定家）

この二首も霞が花を隠す類型です。一首目は「千載集」にある桜の題詠で、「にほひ」は鮮やかな花の美しさを表します。山桜が美しく咲き誇っているあたりを包んでいる霞は、花を散らす風を遮ってほしいと、花を覆う霞の価値を認めようとしています。二首目は「新古今集」の歌で作者は藤原定家です。全体が梅の香が匂う霞に込められていますが、その奥に春の朧月を配し、濃厚な味わいの一首です。

なごの海の　霞のまより　眺むれば　入る日を洗ふ　沖つ白波　（新古今・春上・三五・藤原実定）

暮れて行く　春の湊は　しらねども　霞に落つる　宇治の柴船　（新古今・春下・一六九・寂蓮法師）

この二首は「新古今集」の歌ですが、ともに水辺の霞です。一首目の「なごの海」は、大阪市住吉区の海岸辺りかとされます。霞を通して見た先には、夕日がちょうど海に沈む時で、あたかも立つ白波が夕日を洗っているように見えると歌っています。海面へと落ちて行く霞に滲んだ赤い夕日に白波がかかるダイナミックな情景です。二首目は宇治川が舞台で、季節が晩春へと進んで、その行き着く先はわからないが、柴積み船が霞の中に落ちるように消えていったよ、というものです。柴船が霞の中に幻のように徐々に消えていくことを春の去る象徴と見ています。

最後に同じ「新古今集」から、藤原家隆の歌を挙げます。

見わたせば　霞のうちも　かすみけり　煙たなびく　塩釜の浦　（新古今・春下・一六一一・藤原家隆）

「塩釜の浦」は宮城県の塩釜です。塩釜という地名は、海水を海藻に繰り返しかけて塩分を付着させ、その海藻を燃やした灰を海水に入れて漉し、その後焚いて水分を蒸発させて残った塩を採るという、古代の製塩作業での大きな釜に由来します。煙は製塩のために藻を燃やし、水分を蒸発させるために焚いた時の煙です。春の霞に製塩の煙が重なったことが、「霞のうちもかすみけり」です。霞の情景をもっとも強調した和歌と言えるように思います。

　多くの和歌で春の到来とともに詠まれてきた霞は、現代の気象用語とはされていないとのことです。霧と靄《もや》は水滴になった水蒸気が浮遊して、視程は霧が一キロメートル未満、靄が一キロメートル以上と決められているのに、霞は単に水滴に塵や煙が混じったものとのことです。それはともかく、立春を過ぎ、霞のかかった空が春らしく暖かくなるにつれて、縮こまっていた心も体も活発な活動を開始します。人も自然の一部だと実感する時かもしれません。一方、大伴家持のように悲しみまでではなくとも、ひばりが舞い鶯が鳴くのに、ふとしたはずみに曇る心も人ならではのもの。春の愁いも、春の喜びも等しく味わいたいものです。

梅―春の喜びを表す花―

雪景色の中でも間近にあって、花が待ち望まれ、明るい春の始まりを象徴するのが梅の花です。紅白に美しく咲いて馥郁と香しい梅について見たいと思います。

梅は中国から渡来した

梅は、奈良時代以前に中国からもたらされたようです。平安時代以後の仮名表記には、「うめ」だけでなく、「むめ」とも書かれますが、その読みは、「馬（うま）」「菊（きく）」などとともに古い中国音だとも言われます。「万葉集」での梅の和歌は、第一位の萩に次ぐ歌数で、一〇〇首を越えています。それは、当時の貴族達が先進国である中国の文化に憧れて積極的に受け入れようとした結果を示しているとも言えます。

そうした梅の花を詠んだ和歌の中に、現在の元号、令和の出典になった歌群があります。「梅花歌三十二首ならびに序」とあって、その序には、まず天平二年（七三〇）正月十三日

に九州全体の役所である大宰府長官の大宰帥《だざいのそち》だった大伴旅人の邸宅に人々が集まり宴を催すとあります。それは、

時に、初春の令月にして、気淑《よ》く風和《やはら》ぐ。梅は鏡前の粉を披《ひら》き、……(万葉・巻五・八一五)

と続きます。ここの「令月」と「風和」から取って、「令和」としたのです。「和」は平和の和でもあってわかりやすいですが、ここの「令」は、良い、すぐれた、りっぱな、という意味です。万葉学者で元号制定に関わった中西進氏は、「令」は「善」で、元号について、「未来への願いや期待が込められた記号」(朝日新聞・令和三年二月四日朝刊)と述べられています。「令和」は、すべてが素晴らしくて穏やかな世界を望む気持ちを込めた元号ということでしょう。「令月」も、正月を素晴らしい月と褒めています。春の初めの希望に満ちたさわやかさの中で咲くのに相応しいものとして白い梅の花が詠まれます。三十二首の中から、旅人の歌を挙げてみます。

我が園に　梅の花散る　ひさかたの　天《あめ》より雪の　流れ来るかも(万葉・巻五・八二二・大伴旅人)

梅の花が散る様子を、空から雪が流れ落ちてくるようだと喩えています。散る梅の花が雪のようで、天から地へと世界を繋げているような広さと清らかさを感じさせる格調ある詠みぶりです。ここで梅を雪と関連づけて詠むことも、梅に鶯を結びつけることとともに、漢詩文に手本があって、それを和歌に美しく詠んだのです。この他、「万葉集」では青柳と梅の枝を髪に挿して楽しむことなど、貴族の雅な振る舞いも詠まれています。

梅の香と紅を愛でる

梅は、平安遷都に際しても内裏の紫宸殿の前庭に右近の橘に対して左近の梅が植えられましたが、その後仁明天皇の時代に梅は桜に換えられたと言われます。また、平安時代になってから目で見る花の美しさから、新たに香りが注目されるようになります。まず、「古今集」から梅の香を詠んだ歌を挙げてみます。

色よりも　香こそあはれと　思ほゆれ　誰が袖触れし　宿の梅ぞも
（古今・春上・三三・読人しらず）

春の夜の　闇はあやなし　梅の花　色こそ見えね　香やは隠るる（古今・春上・四一・凡河内躬恒）

一首目は、梅の花の色の美しさより香りに惹かれたことに気づいて、その香は人が香を焚きしめた衣の袖からの移り香かと思って、誰が袖を触れた家の梅なのかと問うた歌です。当時盛んに行われた、室内や衣服に香木から香を焚きくゆらせることを背景にした歌で、梅の香への興味も、こうした薫香《くんこう》の流行と関わることを思わせます。二首目は、「古今集」撰者の一人凡河内躬恒の作で、春の夜の闇とはわけが分からないよ、梅の花を隠すが、色は見えなくても香りは隠れないよ、という内容で、夜の闇の中で梅の香りを楽しんだものです。香りは視覚や聴覚に比べて曖昧な感覚のようですが、必ずしもそうではなく、強い印象を与えることもあります。例えば、それが人物の香りを思わせれば、むしろ身近に触

梅と月

れているような強い感覚が与えられます。それが冬ではなく、温もりもある「春の夜」であれば、いっそう艶めかしさを与えます。

梅が香に　おどろかれつつ　春の夜の　闇こそ人は　あくがらしけれ
（千載・春上・二三・和泉式部）

春の夜は　軒端の梅を　漏る月の　光も香る　心ちこそすれ
（千載・春上・二四・藤原俊成）

梅の花　匂ひを移す　袖の上に　軒漏る月の　影ぞあらそふ
（新古今・春上・四四・藤原定家）

最初の二首は「千載集」の歌です。まず一首目の和泉式部の歌は、春の闇夜に漂う梅の香りに気づき、闇の中で人はそちらへと強く心が引き付けられると詠んでいますが、「あくがらしけれ」には、恋人を思わせる香りに自ずと引き寄せられたかのような官能的な味わいがあります。二首目の俊成の歌は、春の夜の月に照らされた梅の花から漏れる「光も香る」と、周囲を照らす月光にまで梅の香が満ちていると詠んでいます。月の光の穏やかさや柔らかさまで想像されます。三首目は「新古今集」にある藤原定家の歌です。梅の香りが人の袖に移り、軒から漏れた月の光が涙に濡れている袖に映って、香りと競い合って

月を見る男（「伊勢物語絵巻」四段　「日本絵巻大成23」、中央公論社）

いるという内容です。この歌は、「伊勢物語」四段の、去った恋人を偲ぶ男を描く場面に基づいているようです。つまり、物語では、

……又の年の睦月《むつき》に、梅の花ざかりに、去年《こぞ》を恋ひて行きて、……うち泣きて、あばらなる板敷に月の傾くまで臥せりて、去年を思ひ出でてよめる。

月やあらぬ　春や昔の　春ならぬ　我が身ひとつは　元の身にして

とあって、著名なものです。定家の歌は、女を恋しく思って泣いている男の描写と思えます。

梅について平安時代と万葉時代の、もう一つの差は、白梅中心から新たに紅梅が広まったことです。

紅《くれなゐ》に 色をばかへて 梅花 香ぞことごとに 匂はざりける（後撰・春上・四四・凡河内躬恒）

折られけり 紅匂ふ 梅の花 今朝しろたへに 雪は降れれど（新古今・春上・四一・藤原頼通）

一首目は、梅は白から紅に変えても、香は別々にはならないという内容です。二首目は、枝を折り取った色鮮やかな紅梅と庭の白雪を対照させています。紅梅は、「枕草子」には、「木の花は濃きも薄きも紅梅」とあって大変に好まれたようです。「源氏物語」では巻名にもありますが、別のエピソードで、「御法《みのり》」の巻では、紫の上が亡くなる直前、実の孫のように可愛がっていた五歳になる匂宮に二条院を譲り、庭の紅梅と桜を特に大事にするように言い置きます。紫の上の死後、源氏が最愛の妻への喪に服す「幻」の巻では、匂宮が紅梅を格別に世話をするのを見た源氏が紫の上を偲んで和歌を詠みます。

…梢をかしう霞み渡れるに、かの御形見の紅梅に鶯のはなやかに鳴き出でたれば、立ち出でてご覧ず。

植ゑて見し 花のあるじも なき宿に 知らず顔にて 来ゐる鶯（梢が趣ぶかく一帯にかすんでいるなかで、あのお形見の紅梅の木に、鶯が楽しそうな声で鳴きたてたので、お部屋の外へ出てそれをごらんになる。植ゑて見し……この梅の木を植えて花を楽しんでいた主人もいない宿に、そんなことも知らぬげな顔つきでやってきて鳴く鶯よ）

春の明るい鶯の声に誘われた源氏は、「花のあるじ」だった紫の上を思って悲しみを反芻するのです。

梅は新年の象徴

梅が咲く時は、初めに挙げた万葉集の歌以来、春の初めで新年が重なります。それは、本来的にまさにすべての人にとっての祝賀の時です。

「大和物語」一二〇段には、藤原仲平が長く待って右大臣に任ぜられた喜びの和歌が記されています。

遅く疾《と》く　つひに咲きける　梅の花　誰《た》が植ゑおきし　種にかあるらん

遅い早いの差はあっても、ついに梅の花は咲いたよ。誰が植えた種なのだろう、と春に任官した我が身を花開いた梅に言寄せて歌っています。「蜻蛉日記」下巻には、作者の父の許での異母妹の出産祝いに添えた歌が見えます。

冬ごもり　雪に惑ひし　折過ぎて　今日ぞ垣根の　梅を尋ぬる

年末の出産で、冬の雪に降りこめられた時を過ぎ、春を迎えた今日垣根の梅を尋ねます、と梅に生まれた子を喩えて祝辞を述べているのです。

しかし、このように梅の花は祝賀の象徴であるにもかかわらず、実際はそうした祝うべき時の裏返しとも言える悲しみもあります。上に挙げた「伊勢物語」や「源氏物語」はそうした例で、それは他にもあります。

東風《こち》吹かば　匂ひおこせよ　梅の花　あるじなしとて　春を忘るな

（拾遺・雑春・一〇〇六・菅原道真）

これは、菅原道真が讒言に因って右大臣の官を奪われて太宰府に左遷された時に詠んだ

太宰府天満宮の梅

ものです。都の道真邸にある梅の木に向かって、東風が吹いたら、邸の主人が留守だから春を忘れるなどということなく、東の都から西の太宰府へと梅の花の香りを送れ、と詠んだものです。

道真から五代末に当たる菅原孝標女の少女期から晩年に至るまでの日記が「更級日記」ですが、冒頭が十三歳での上総《かづさ》（今の千葉県市原市を中心とした国）からの上京の旅で、京に到着後、共に旅をした継母との哀切な別れが描かれています。継母は、「優しかったあなたを忘れません。梅が咲く時に来ます」と言って去り、作者は悲しみの涙の中、年を越して梅の咲くのを待ちますが、満開になっても訪れず、ついに花を折って継母に送ります。

頼めしを　なほや待つべき　霜枯れし　梅をも春は　忘れざりけり

約束して下さったのを、まだ待つべきですか。霜枯れていた梅にも春は忘れずやってきたのに、あなたは、まだ来なくて、と。これに対して、継母の返事は、まだ待つようにというもので、作者の望みは叶えられませんでした。

上に引用した「伊勢物語」、「源氏物語」、菅原道真の和歌、「更級日記」、これらは春の梅が咲く、季節が明るい希望の時だからこそ、逆に切ない悲しさが伝わるのだと思います。

梅の咲く時は、やはり希望の季節です。この春こそは喜びを得たいという望みを胸に抱く時です。千年前から現在まで変わらない人々の思いです。

桜(1)「古今和歌集」

―平安和歌での自然との関わりの推移―

桜は、国花。日本を代表する花です。平安時代以来、桜に日本人はどれほどの思いを感じ取り、あるいは託したり、様々な関わりを持って来たか計り知れません。春の桜の花見は、年間を通した日本人のイベントとしては最大級ですが、それがまったく自然発生的な催しであることも、桜と日本人の繋がりの奥深さを語っています。

ここでは、平安和歌で自然をどのように捉えて描いてきたのか時代的推移の一端を、桜を代表にして述べたいと思います。まず、「古今集」から見てゆきます。

桜は恋人

世の中に　たえて桜の　なかりせば　春の心は　のどけからまし　（古今・春上・五三・在原業平）

作者は、在原業平という和歌と恋に秀でて名を成した当時随一の貴公子です。この世間に桜の花がまるっきりなかったら、春を過ごす人の気持ちは、どれほどのんびり出来ただろうに、花のせいでまったく落ち着かないよ、というものです。この歌を文字通り桜を嫌った歌と思う人は、まずいないでしょう。桜がそろそろ咲く頃だと気づくと、あれ、いつが開花なんだろうと落ち着かず、つい庭や街路を見、人に聞き、今ならテレビやネットのニュースを必ず気にすることでしょう。つまり、それぐらい桜が好きでたまらない、ということを主張しているのです。

桜の開花に合わせて桜前線を追って日本を縦断する人もあるそうですが、日本人の桜への愛着は千年を隔てて変わらないことがわかります。愛は盲目とも言いますが、この作者は桜がどのように美しいかなどとはひとことも言っていません。桜が咲くというだけで気持ちが高まり理性は吹っ飛び、興奮しとろけることのみを歌っています。これはもう恋人と同じです。

和歌の技法で擬人法がこの頃に盛んに用いられましたが、次の和歌はその一例です。

ひさかたの　光のどけき　春の日に　静心なく　花の散るらん　（古今・春下・八四・紀友則）

「水なき空に波」

作者は紀友則です。春の日差しはこんなにのんびりしているのに、どうして桜はせわしく散り急ぐのかと、薄情な桜を恨む風情の歌です。この歌も前掲の業平歌と同じように、桜を恋人扱いのようにして詠んでいます。それほどに桜が人に身近な花だったのです。平安京という場が人工的な箱庭のような都会だったことも理由のひとつですが、それにしても、これらの和歌には、日本人の自然に寄せる心の伝統の一つの根のようなものがあります。

美は喩える

桜花　散りぬる風の　なごりには　水なき空に　波ぞたちける　（古今・春下・八九・紀貫之）

この歌の作者は、古今時代を代表する歌人、紀貫之です。まだ咲き始めの桜は、雨風に強いそうですが、満開を過ぎると、ほんのそよ風でも枝から離れ空に舞いつつ散るものです。この歌は、さっきちょっと風が吹いたようだけど、その証拠のように桜の花びらが空に浮かんでいるが、それは白い波が広がっているように見えるよ、という光景を詠んでいます。比喩によって、桜が空中に美しく舞う様が目に浮かんでくる表現になっていて、先の業平詠とは桜についての別の詠み方がされていると言えます。こうした比喩で効果的に描写することも、「古今集」での特色とされます。

しかし、業平と貫之の二首は、別のようで別ではないとも思います。それは、どちらも自然への強く熱いまなざしが感じられるからです。どちらも自然への強い親密感を持つ作者の心意気こそが支えになっています。

この後、鎌倉時代初めごろまでを範囲として、時代を追って桜の和歌をみてゆきます。そこには注目して述べるべき変化があります。

桜(2)「古今和歌集」から後へ
—平安和歌での自然との関わりの推移—

前回は「古今集」の桜の和歌から、当時の人々の自然への強い親密感を紹介しました。それは恋人への思いを表すようでもあり、心に描く美しい桜への賛美でもあるようです。しかし、それから一〇〇年以上を経た平安時代も半ばを越える頃には、桜への心が変わるというより、むしろ深く思うことから、「古今集」への疑問や飽き足りなさからか、新しい視点による和歌が出て来るようになります。

遠山桜

昔の映画・テレビの定番に〝遠山の金さん〟というのがありました。北町奉行である遠山金四郎が町人の遊び人で入れ墨者の〝金さん〟に身をやつして悪事を暴き、お白砂の裁きの場面で、諸肌脱いで肩から背中にかけての入れ墨を見せて言う決め台詞の啖呵が、〝おう、この桜吹雪に見覚えがねえとでも言うのかー〃といったものでした。つまり、ここで悪人たちは入れ墨者の〝金さん〃がお奉行様だと気づいて畏れ入るという段取りでした。では、金さんの入れ墨は、なぜ桜なのか。それは、〝金さん〃の姓「遠山」が、「古今集」以来、桜を鑑賞して和歌に詠む定番の〝遠山桜〃に重なったからでした。

霞立つ　春の山辺は　遠けれど　吹きくる風は　花の香ぞする

（古今・春下・一〇三・在原元方）

「古今集」の一例ですが、遠くの山で咲く桜の花は霞んでぼやけているが、風のお陰で間近に香りを楽しんで、花の美しさを想像するよ、といった歌です。平安京は東西と北が山で囲まれていて、都にある貴族の邸宅から遠くの山の桜を臨むことは日常的でした。

こうした遠くの山の桜を詠んだ歌は、西暦九〇〇年過ぎに成立した「古今集」から四番目の勅撰集にあたる、一〇九〇年近くに成立した「後拾遺集」では数を増して詠まれています。しかし、その詠み方が少し違ってきます。

「山桜」

明けばまづ　尋ねにゆかむ　山桜　これば
かりだに　人に遅れじ
（後拾遺・春上・八三・橘元任）

花見にと　人は山辺に　入り果てて　春は
都ぞ　寂しかりける
（後拾遺・春上・一〇三・道命法師）

一首目は、夜が明けたら早速、山桜を尋ねて行こう、これだけは人に遅れないぞ、というもの。二首目は、花見で誰もが山辺に行ってしまい、春には都が寂しくなったよ、という歌です。つまり、都の邸宅で遙か遠くに山の桜を望み見ていた「古今集」に対して、それでは飽き足らず、山まで尋ねて行って桜を間近に見ようというのです。

この変化は、人々の生活範囲の変化にも繋がっています。「古今集」の時代は、まだ平安京の狭い中にとどまって、目前の桜を見て、それを見る人の心の持ちようこそが大事だったのです。そのため桜そのものは観念的になりがちでしたし、遠くの山の桜は、遙か離れて眺めるしかなかったのですが、「後拾遺集」では、人の行動範囲が広がり、自然そのものをもっと直接に見ようと積極的に変わってきているのです。

景色の再現

「後拾遺集」の方向性は、次に作られた「金葉集」では、さらに進められます。

山桜　咲き初《そ》めしより　ひさかたの　雲居に見ゆる　滝の白糸
（金葉・春・五〇・源俊頼）

まず、「金葉集」撰者である当代きっての歌人源俊頼の和歌です。山の桜が咲き始めた情景を、高い空に滝の白い糸筋が流れて広がっているようだと述べています。

水上に　花や散るらん　山川の　ゐくひにいとど　かかる白波
（金葉・春・六二・源経信）

「杭にいとどかかる白波」

こちらの作者は、俊頼の父親で源経信という歌人です。この歌は今までの山上に広がる桜ではなく、山の川の「杭（ゐくひ）」の周りに広がりかかる白波かと見える桜の花びらの美しい情景から、上流で桜が散り落ちたことを推測しています。

この二首で、もはや作者の心は表現上にまったくと言って良いほど表されていません。表現は、桜の花の美しさそのものの追求に徹しています。桜を愛着する心を表現するのではなく、愛着される桜の美しさそのものを提示しようとしているように思えます。比喩は「古今集」から使われた技法ですが、なお工夫し自然の美をいっそう具体的に描き出そうとしています。

「古今集」的自然観では、自然は人と融和し一体化するものという見方、たやすく肩に手を触れるものという意識だったものから、人と自然とには距離があり、自然は人とは別の、美として離れて見る対象として変化しているように思われます。それは、人の心の中の観念の美としての桜から、生な自然に直接触れることへの解放と言えるかもしれません。

こうした変化の大きな要因としては、平安京と地方との交流が盛んになり、貴族たちは都を離れた広い世界に触れることが多くなって、新たな自然と接し、自然の美そのものを見直すことになったのでしょう。筆者自身の体験を援用させていただくと、東京に住んでいて、初めて北海道で人の手に触れられたことのない大自然の迫力を前にした衝撃は、数十年を経ても強く思い出されます。当時の都人もまた、たやすく馴染むのではない自然に目を見張ったのではないでしょうか。同時に、この頃、「万葉集」が見直され、「古今集」とは異なる雄大で力強い自然が示されていることによる影響も大きかったと思われます。

桜(3)「新古今和歌集」へ
—平安和歌での自然との関わりの推移—

「古今集」以来の和歌で、春の代表である桜をどのように詠んできたかを見てきました。ほとんど恋人のように親しんで詠むことから、人から離れているものとして近づこうとしたり、人とは別の対象として美を見つめて描くという変化があると述べてきました。そうした表現の変化には、桜への関心や愛着が増すことはあっても減ずることはありません。時代は、平安時代の末へと進みます。そこで桜の詠み方は、もう一度変わるように思います。

自然を捉える新たな心

政治の中心が貴族から武士へと変わる直前の時代に成立した七番目の勅撰集、「千載集」から二首を挙げます。

花盛り　春の山辺を　見渡せば　空さへ匂ふ　心地こそすれ
（千載・春上・五一・藤原師通）

桜咲く　比良の山風　吹くままに　花になりゆく　志賀の浦浪
（千載・春下・八九・藤原良経）

一首目は、桜の満開の時期で、まさに満山桜の花に覆われていると想像される情景です。特に工夫されているのは、第四句「空さへ匂ふ」でしょう。「匂ふ」は明るい視覚美を表します。山の上方の空までが桜色に明るく染まっている気がすると詠んでいます。二首目は、「千載集」の次の「新古今集」での代表歌人となる藤原良経の作です。「比良」は、琵琶湖の西側の比良山系のことです。その山の上では桜が満開を過ぎて、花びらが風に吹かれて麓へと流れ、下の琵琶湖の波立つ水面が桜の花びらを敷き詰めたようだという内容でしょう。この歌も第四句「花になりゆく」に格別な工夫があり、この言い方で琵琶湖の水面が桜の花びらでいっぱいだと思わせられます。

この二首の特に第四句を中心にしたそれぞれの言い方は、通常ではあり得ないことを誇張して捉えた表現ですが、それによって作者の情景に対する大きな感動が伝わります。美しい情景を描きながら、作者の気持がその支えとなっているとわかる歌です。その点が、前に見た情景の描写に徹しようとする「金葉集」の方向性への反省と言うべきか、新たな

「空さへ匂ふ」

修正がなされているように思います。つまり、作者自身の思いを表現に反映させた歌い方が、再度重んじられるようになっていると思われるのです。

景と心の複合する世界

鎌倉時代に入ってまもなく、「新古今集」が成立します。「古今集」から数えて八番目の勅撰和歌集です。ここまでを「八代集」と、まとめて一区切りとして呼びます。ここでも、二首を例示することにします。

風通ふ　寝覚めの袖の　花の香に　香る枕
の　春の夜の夢

（新古今・春下・一一二・俊成卿女）

作者は、俊成卿女です。恋をしている人が夜中に目が覚め、庭からの風に乗って花の香りが寝屋にまで流れ込んで、夜着の袖から温もりある枕までもが香り、そこには目覚める前に見ていた恋人との夢の余韻が残っているよ、といった内容です。作者独特の複雑で濃厚な味わいのある一首です。花そのものは目に見えず香りだけですが、人の夢に見られる恋の雰囲気が絡んで濃艶な趣を醸しています。その人物についての恋物語的な一場面とも考えられます。

またや見む　交野《かたの》の御野《みの》の　桜狩り　花の雪ちる　春のあけぼの　（新古今・春下・一一四・俊成）

この作者は、「新古今集」の撰者で当時最大の歌人藤原定家の父であり、「千載集」の撰者であった藤原俊成です。「交野の御野」とは、大阪府枚方市の地名で古くから皇族の猟場として著名で、同時に「伊勢物語」にも桜の名所として登場します。この歌も、まさに桜の名所を、もう一度見たいと言うのですが、その情景とは、交野の御野での春の明るい朝に桜の花が、雪の舞うように散り舞っている景だというのです。これら二首は、桜に関わる情景と人物の心が深く結びついてそれぞれの世界を成しています。

「花の雪ちる」

「新古今集」の予兆は、「千載集」にすでに見えていますが、その在り方になお自覚的であることは、この集が、「新たな古今集」を目指すという歌集名から推測できます。我田引水ですが、つまり「古今集」が和歌での作者の心を重んじたことを、「新古今集」は「千載集」をステップに復活させつつ、新たな世界を提示しようとしているのです。それは単純な「古今集」の再現ではなく、「後拾遺集」「金葉集」の時代を経て、客観的な情景をも重んじた上での人の心の表現になっているということだと思います。「八代集」としてまとめれば、心重視から、景重視、そして心と景の重なりになったと言えるでしょう。

山吹—黄金輝く花—

春の代表である桜の花が散って、春は後半へと進みます。その時期に昔から今に至るまで変わらず、道端や公園など野外で、ごく普通に見られるのが山吹の花です。現在では、似ていていっそう鮮やかな花も多く、それらに比べれば地味かもしれませんが、古くから親しまれている花です。

山吹の歌枕

山吹は、「万葉集」から詠まれています。

かはづ鳴く　神奈備川《かむなびがわ》に　影見えて　今か咲くらむ　山吹の花
（万葉・巻八・一四三五）

蛙が鳴いている神奈備川（神聖な川。位置は特定できない。）の河面に映って見えて、川の辺に今咲いているのだろうか、山吹の花は、というもの。
次は「古今集」ですが、歌い方に格別の時代差はありません。

かはづなく　井手の山吹　散りにけり　花の盛りに　会はましものを

（古今・春下・一二五・読人しらず）

蛙が鳴いている井手の玉川の辺に咲いた山吹が散ってしまったよ、花の満開の時に会いたかったものを、といったもの。この「古今集」の歌が山吹を歌った和歌の代表になります。

この時期の和歌は、実際の自然について、様々な場所での多様な変化を楽しむというより、人々の心の中で美しさの典型を決めて追求する傾向がありました。それが歌枕という概念を生じさせます。歌枕とは、和歌に詠む自然—景物—と定型的に組み合わせられる地名です。たとえば、紅葉には立田川・立田山、雪・桜には吉野などいくつもあります。

山吹については、上に掲げた「古今集」の和歌にある「井手」が山吹の歌枕になります。「井手」とは、「井手の玉川」と呼ばれる土地です。京都府綴喜郡井手町で、木津川に注ぐ玉川の辺、現在JR奈良線の玉水駅が最寄りです。

数寄者（和歌マニア）も好きな山吹

上の二首でともに詠まれる「かはづ」は、カジカガエルという蛙で、鳴き声が美しく趣きがあると言われます。山吹については、カジカガエルが美しい鳴き声を聞かせる井手の玉川の辺が、最も耳と目を楽しませる所とされたのです。

すでに桜について、「後拾遺集」の頃に積極的に桜を見ようと山に出かける和歌が目立つと述べましたが、それは、桜についてだけのことではありません。さまざまな景物に対して、和歌を詠む人々は行動に積極的になってゆきます。そのような姿勢を、この時代には「すき」と言います。「好き」とも「数寄（奇）」とも書きます。この数寄を実践して和歌の上達を図る人を数寄（奇）者とか好士とか言います。

院政期の藤原清輔という歌人の著書「袋草紙」には、「数寄者」の話がいくつも見えます。ある数寄者が、やはり数寄者として知られる能因という僧侶歌人に会った時に、「鉋《かんな》屑一筋」を出して、これは「古今集」で詠まれている名所の「長柄《ながら》の橋」の鉋屑だと自慢したところ、能因は蛙の干からびた屍骸を見せて「これは井手の蛙《かはづ》」だと対抗したという

カジカガエル

内容です。今ふうならオタクと言うべきですが、能因について言えば、上に掲げた「古今集」の山吹の和歌世界を体感しようとの強い覚悟を表しているということでしょう。二人そろっての作り話のようですが、それだけ和歌への執心が強いと自慢したということで、似たような話は他にも残っていて、和歌の時代性を表すこととして知られています。

鎌倉時代初めころ、「方丈記」で名高い鴨長明の著した「無名抄」には、井手の山吹と蛙について詳しく書かれています。山吹については、火事があり、また田作りのために跡方なく刈られてしまったそうですが、その前は、

おびたたしく大きなる山吹、…その花の

水辺の山吹

輪《りん》は小土器《かはらけ》の大きさにて幾重ともなく重なりてなむ侍りし。…かの井手川の汀《みぎは》につきて隙《ひま》もなく侍りしかば、花の盛りには黄金の堤などを築《つ》き渡したらむやう
（ひどく大きな山吹、……その丸い花は小さな盃の大きさで、幾重ともなく重なっておりました。……あの井手川の汀に沿って隙間もなく生えていましたので、花の盛りには黄金の堤などをずっと築いたよう）

だったとあります。また、井手の蛙についても、

夜更《ふ》くるほどに彼が鳴きたるは、いみじく心澄み、ものあはれなる声にてなむ侍る

とあります。

山吹の花に和歌を書く

「枕草子」には次のような話があります。清少納言は、一条天皇の皇后定子に宮仕えをしていました。「枕草子」はその宮仕え生活の一端を鮮やかに描いた優れたエッセイと言われます。長徳元年（九九五）に定子の父で関白だった藤原道隆が亡くなるや、政権は道隆弟の道長に移り、定子周辺は暗雲が立ちこめることになります。外側からの厳しい状況は内側の混乱をも生じ、定子周辺には疑心暗鬼の不安が満ちてきます。そうした中で清少納言には中傷もあったのか、彼女は実家にしばらく逼塞することになります。そんな日々が続いたある日、御主人の定子から文《ふみ》が届きます。しかし、見ると、そこには何も書かれていません。文には山吹の花が入っていて、その花びらに何と、「言はで思ふぞ」とだけ書かれていたのです。えっ?、現代の我々には、そんな小さく書きにくく破れやすい所に書いたというのは、何かの間違いかとも疑われます。

実は、当時の歌集類をみると、数多くとは言えないまでも、通常の手紙を書く紙以外のものに和歌を書く例がいくつも見つけられます。むしろ、何か意図的に紙以外に書くことがあったようです。筆者が見つけたものを以下に列挙してみます。

扇、硯の箱の上、鏡、鏡の裏、鏡の箱の裏、屏風、障子、壁、柱、門、鳥居、岩、桜の花、桜の木、葵、梶の葉、楓の紅葉、竹の葉、枕、瓜、鍋、押しくみ（産着）、かひな（腕）

実にバラエティに富んでいて、むしろ何にでも書けたとでも言えそうです。前に引用した「袋草紙」には、小さな貝三一個に一文字づつ書いて送られた女が困って、萩の葉三一枚に意味なく字を書いて返事にしたところ、葉は二、三日で枯れて読めず、何事もできずに終えたという話が載っています。笑い話でしょうが、そのようなことも実際にあったのかもしれません。

今の定子からの場合、筆者は「言はで思ふぞ」が、山吹の五枚の花びら一枚ごとに、濁点や送り仮名は略して、「い・は・て・思・そ」と書かれていたと考えています。上に挙げた中には桜の花もありますし、米粒に字を書く人もいるぐらいですから不可能ではないでしょう。

山吹は口無し

さて、その山吹に託された内容ですが、「古今和歌六帖」という、当時歌を作る上での

「いはて思そ」

手引きを目的に編まれたかとされる歌集に「いはで思ふ」という項目の一首目に載っている、次の恋の和歌の四句目だけを、定子は書き出したのでした。

心には　下ゆく水の　わきかへり　言はで
思ふぞ　言ふにまされる
（古今六帖第五・二六四八）

全体は、私の心の中は、地下水が湧き返るようなのですが、言わないで思っている方が、口に出して言うより深い思いなのです、といった内容です。

この和歌の「言はで思ふぞ言ふにまされる」については、「大和物語」という作品にも出ています。ある帝が、大切にしていた「磐手《いはて》」という鷹が逃げてしまった報告を受けて、つぶやいたとして見えています。帝は鷹に逃げられた寂しさから、鷹の名「いはて」を掛けつつ、知られている和歌の一部を言ったのでしょう。「心には……」の和歌は、和歌を日常的に親しんでいる当時の貴族なら、簡単に思い当たるもので、清少納言も定子がこの歌の一部を書いたのだと気づき、定子が表だって自分をかばうことはできなかったが、今の状況を憂慮して、自分のことを深く心配しているのだと理解したことでしょう。

さて、なお問題は、なぜ和歌の一部を書くにしても、もっと大きな木の葉でもなく、山吹の花だったのかということです。その解答は、次の「古今集」の山吹を詠んだ和歌にあります。

山吹の　花色衣　ぬしや誰　問へど答へず　くちなしにして　（古今・誹諧歌・一〇一二・素性法師）

この歌は、僧侶の着る黄色い衣（山吹の花色衣）が誰のものか尋ねても、答えがない、それは衣が梔子《くちなし》染めなので、口がないからだという歌です。つまり、山吹の花＝黄色＝梔子＝口無し、と連鎖し、山吹の花＝口無し　となります。その「口無し」が「言はで思ふぞ」

の「言わない」と重なるので、「言はで思ふぞ」を書くのに、山吹の花が選ばれたということなのでしょう。

定子のしたことは、①自分の思いを古歌に託し、歌句の一部で示す、②歌句につながる「くちなし」の縁で山吹の花びらを選んで歌句を書いて贈るという、優雅さはあるけれど、実に手の込んだ行為です。言うまでもなく、そうすることで清少納言への並々ならぬ慈しみの心を表しているのです。その定子の思いを清少納言もしっかりと受け止め、感激して、再び定子のもとで仕える決心をすることになります。定子と清少納言の心の強いつながりを山吹も示していると言っても良いでしょう。

現代人で山吹に注目する人は、ごくまれかもしれません。それほど、現代では目立たない花ですが、近世では、黄金を山吹色と言ったりもしました。新幹線の設備検査車両のドクターイエローを見たら幸運に会うとか言います。可憐でよく見れば華やかさもある山吹に、もっと目が注がれてほしいものです。

藤―春遅く薄紫にゆらぐ波―

藤の花は、春の終わりから夏の初めにかけて咲きます。山吹に比べれば木も大きく花も豪華です。花を咲かせる季節には、日本中各地の藤の名所は、大変な賑わいになります。藤についての古典世界での評価は、現代以上と言っても良い重みがあります。藤について平安和歌と「源氏物語」での表現を見てゆきます。

藤衣

藤は古く、「古事記」から見えます。応神天皇記にある春山之霞壮夫《はるやまのかすみをとこ》の結婚説話で、母親が藤の蔓から衣服や沓、弓まで作って用意したものが結婚直前に、すべて藤の花になったとあります。その古代的意味は明らかではありませんが、藤はまず、衣服の素材だったとわかります。その後、「万葉集」から平安和歌にかけて藤衣は粗末な服とされます。

山の藤

穂にも出でぬ　山田を守ると　藤衣　稲葉の露に　濡れぬ日ぞなき

（古今・秋下・三〇七・読人しらず）

まだ穂もでていない山田の番をするため、粗末な藤衣は、稲葉に付いた露に濡れない日はない、という歌です。この延長か、藤衣は喪服にもなります。

藤衣　はつるる糸は　侘び人の　涙の玉の緒とぞなりける

（古今・哀傷・八四一・壬生忠岑）

父親を喪った悲しみの歌で、喪服のほつれた糸が、悲しむ自分の涙をつなぐ緒になっていると詠んでいます。藤については、このように地味な面もあります。しかし、一般的には藤の花には、静かでも品格のある華やいだ世界が広がっています。

松にかかる藤波

藤は蔓性ですから何かに絡んで成長します。そのため、現代では山などでの木々にからんで伸びる自生以外は、こじんまりと盆栽にするか、藤棚に仕立てることが一般的です。しかし、近世以前の藤は棚仕立てではなく、松の木に絡ませて生育することが主でした。

夏にこそ　咲きかかりけれ　藤の花　松にとのみも　思ひけるかな　（拾遺・夏・八三・源重之）

春に咲き始めた藤の花が、夏にまでかかって咲き続けている。かかるのは松だけと思っていたよ、という内容です。まさに藤と松の関係を前提にしています。

また、藤の花は房状に咲きます。「枕草子」では、藤の花について、まず「貴《あて》（上品）なるもの」として挙げる他に、「木の花は」の段で、「しなひ長く、色濃く咲きたる、いとめでたし」とあります。「しなひ」は花房のことです。あるいは、「めでたもの」の段では、「色合ひ深く、花房長く咲きたる藤の花、松にかかりたる」ともあり、藤の花が色濃く、房が長いものを清少納言は好んだとわかります。

なお、その花房は風で揺れる様が波に見られて、すでに「万葉集」から藤波と表現されます。

多古の浦の　底さへ匂ふ　藤波を　かざして行かむ　見ぬ人のため

（万葉・巻一九・四二〇〇・大伴家持）

松にかかる藤（「山水屛風」京都国立博物館蔵）

多古の浦は、富山県氷見市の地名です。浦の水底にまで美しい花影を映す藤の花を手折って髪に挿して行こう、まだその美しい花を見てない人のために、という歌です。

平安時代になると、「松にかかる藤波」がパターン化して盛んに詠まれるようになります。

住の江の　松の緑も　紫の　色にぞかくる　岸の藤波　（後拾遺・春下・一五六・読人しらず）

年経れど　変はらぬ松を　頼みてや　かかりそめけん　池の藤波　（千載・春下・一二〇・藤原公能）

一首目の住《すみ》の江は、今の大阪湾。内容は、住の江の住吉大社にある松林の緑も、紫色がかかっているよ、岸に寄せる波のような藤によって、というもの。緑に紫が重なる色彩の美しい情景を描いています。二首目は、常緑で長寿の象徴ともされる、年月を経ても変わらない松を頼りにして、池の辺の藤波は、かかり始めたのだろうか、という内容。松が皇室、藤が藤原氏を比喩しているともされています。

この「松にかかる藤」は、貴族の邸宅の部屋で仕切りとされた、大和絵による四季の景物を描いた屏風では定番の画題で、その絵に添える屏風歌として多くの和歌が詠まれました。常磐の松に藤原氏の象徴でもある藤が詠まれるのですから、祝賀の意味もありました。

また別に藤の花の色は、仏教で往生を遂げる人を迎える紫雲にも見なされました。

紫の　雲とも見ゆる　藤の花　いかなる宿の　しるしなるらん　（拾遺・雑春・一〇六九・藤原公任）

紫雲とも見える藤の花はどのような家のめでたい兆しなのだろうという内容ですが、時の権力者藤原道長の長女彰子が一条天皇に入内《じゅだい》（結婚）する時の祝いで作った屛風の和歌で、藤の花を紫雲と見て藤原氏の栄華を祝っています。このように藤の花は、単に上品で美しいというだけでなく、仏教や世俗的価値観の面からも重んじられていたとわかります。

「源氏物語」の藤

「源氏物語」での藤は、まず、主人公光源氏の継母でありながら、憧れの恋人でもある女性が藤壺と呼ばれるところで印象づけられます。彼女こそが源氏の生涯の輪郭を作ったとも言える人物です。

藤壺の命名は、彼女の住む内裏の殿舎の庭に藤が植えられていたことに由来しますが、殿舎の位置が天皇の居住する清涼殿の間近で、清涼殿内には「藤壺の上の御局《みつぼね》」もあり、天皇に最も近い妃であることを示してもいます。この藤壺の姪に当たるのが源氏の生涯を通して最愛の妻であった紫の上です。また、光源氏が関わる最後の女君として登場する女三宮も藤壺の姪です。

藤壺から紫の上、そして女三宮へのつながりを「紫のゆかり」と言いますが、その紫は藤について言われる色です。

また、物語を三部構成とした第一部末尾は、光源氏が源氏という臣下の身分から准太上天皇という退位後の天皇に準ずる位に上り詰めて終えます。それは、光源氏と藤壺との密通から生まれながらも帝位まで昇った冷泉院が、実の父を源氏と知ったことにより実現したことです。その巻名が「藤裏葉《ふぢのうらば》」です。裏葉とは枝先に最後に出た葉ということですから、第一部掉尾に相応しく、それが藤で締め括られています。

では、物語中で藤はどのような場面に出ているでしょうか。物語全編中で藤が描かれている場面は、ほぼ十箇所ほどになります。その中から第一部末尾の「藤裏葉」の巻の場面を採り上げて紹介します。

光源氏の正妻だった葵上《あふひ(あおい)のうへ》の遺児夕霧は、葵上の兄で源氏の親友兼ライバルでもある内大臣の次女の雲居雁《くもゐのかり》と、幼くして深く心を通わせる仲でしたが、内大臣が娘を東宮妃候補へと目論んでいたため、二人の仲は長く隔てられていました。しかし、時を経て内大臣は二人の仲を認める決断をします。

内大臣は、我が邸宅の藤の花盛りに合わせて宴を催し、夕霧を招きます。内大臣は宴も進み酔いも回るころ、藤の花が、他の花に遅れて咲き夏にかかることを、格別に情趣深く、

月夜の藤

花の色も親しめると、賛美します。上機嫌の内大臣は、物語の巻名にもなった古歌、

春日さす　藤の裏葉の　うらとけて
君し思はば　我も頼まむ
（後撰・春下・一〇〇・読人しらず）

を歌います。初・二句は「うらとけて」を引き出すだけで特に意味はなく、「うら」は心を表します。一首はあなたが心から思ってくれるなら、私もそれを信頼しますとの意味で、二人の結婚を承諾する気持ちも含まれています。その後、自作の和歌も詠みます。

紫に　かごとはかけむ　藤の花　松より過ぎて　うれたけれども

難解ですが、「紫・藤の花」で雲居雁を指し、藤がかかる松には「待つ」を掛け、「うれたし」が腹立たしい・いまいましいの意で、全体は、二人の結婚を待ち過ぎていまいましいが、ぐちは娘の雲居雁に言いましょう、とのこと。藤に気持ちを寄せつつ、夕霧と雲居雁の二人が、さながら松に寄って藤が咲くように、遅れながらもゴールインしたことへの理解を示しています。その後、

七日の夕月夜、影ほのかなるに、……横たはれる松の、木高きほどにはあらぬに、かかれる花のさま、世の常ならず面白し

と、朧月の下に広がる藤の花の幻想的な記述があって、夕霧・雲居雁二人で過ごす夜へと進みます。物語は光源氏家と内大臣家の和解ということでもあり、また源氏から次の世代の活躍への道作りにもなって、藤の花は第一部末尾を華やかに彩ったと言えるように思います。藤の花についてのイメージは、この「源氏物語」での扱いにも十分象徴されています。

夏

菖蒲―薫るショウブ、アヤメ？―

五月《さつき》と言えば、爽やかに空を舞う鯉のぼりが目に浮かびます。五月五日は端午の節句です。男の子のお祭りだから、他にも兜や弓などの武者飾りをしたりしますが、平安和歌から見ると、菖蒲（ショウブ）が中心です。

ショウブの花とハナショウブ

さて、ショウブは漢字では菖蒲ですが、アヤメとも読めて、ちょっと混乱します。植物としては、ショウブはサトイモ科に属し、池や沼を好んで、五〜七月に黄緑の地味な肉穂花序をつけます。強い芳香があって、それが邪気を払う呪力があるとされ、ショウブ湯以下の習俗を生んだ基のようです。

植物学上で、このショウブとアヤメ科の植物はまったく別です。カキツバタやハナショウブは、剣状の葉や水性を好む点でショウブと同じですが、アヤメ科に属して美しい花を

ショウブの花

咲かせます。また、アヤメそのものは、カキツバタなどと類似した花を咲かせますが、水性ではなく山野を好みます。

以下は、ショウブについての話題ですが、ショウブを漢字では菖蒲と書き、それを和語では あやめ と読み、和歌では、あやめ草とも言います。上記のアヤメ科のアヤメではない点に、注意が必要です。

端午の節と菖蒲

端午の節は、もともと中国由来の行事です。端とは初の意で、端午は月の初めの午の日が原義です。午が五と混同されて、五月五日が端午の節となりました。

古代楚の国の年中行事を記した「荊楚《けいそ》歳時

ハナショウブ

記」には、五月は悪月で五日には種々の邪気払いをする、その一つに菖蒲を刻んだり粉にして酒に浮かべるとあります。五月五日の菖蒲と言えば、現代でも菖蒲湯があります。湯に浮かべた菖蒲の爽やかな香りにひたることは、筆者にとっても幼時以来のささやかな楽しみですが、その起源も、楚の詩人屈原と周辺の作品集「楚辞」に、「蘭湯に浴し、芳華に沐す」とあり、古代中国にあるようです。

日本での端午の節の語は、「日本書紀」に次ぐ歴史書「続日本紀」での仁明天皇の承和六年（八三九）五月五日の記録が最も古いようです。この時代、貴族は当日に宮中へ菖蒲の縵《かづら》―菖蒲の葉を輪にしたもの―を頭に被って参入することになっていました。それは「万葉集」で見ると、菖蒲に橘やよもぎも合わせて作ったとわかります。

…ほととぎす　鳴くさつきには　あやめ草　花たちばなを　玉に貫き　縵にせむと

（万葉・巻三・四二三・山前王〈人麻呂〉）

…ほととぎす　来鳴くさつきの　あやめ草　よもぎ縵き（縵にして）…

（万葉・巻一八・四一一六・大伴家持）

その後、平安時代中期には、家の軒に菖蒲を葺くことと、薬玉を吊すことが盛んになったようで、その様が「枕草子」や「栄花物語」にも描かれています。

節は五月にしく月はなし。菖蒲・蓬《よもぎ》などのかをり合ひたる、いみじうをかし。九重の御殿の上をはじめて、言ひ知らぬ民のすみかまで、いかで我がもとに繁く葺かむと葺き渡したる、なほいとめづらし。……（節日は、五月の節日に及ぶ月はない。菖蒲や蓬などが、一緒に香り合っているのが、たいへんおもしろい。内裏の御殿という尊い所の屋根をはじめとして、言うにも足りない者の住まいまでも、どうかして自分の所にほかよりたくさん葺こうと、一面に軒に葺いてあるのは、やはりたいへん目慣れぬおもしろさがある。）

（枕草子）

はかなく五月五日になりぬれば、……軒の菖蒲も隙《ひま》なく葺かれて、心ことにめでたうをかしきに、御薬玉、菖蒲の御輿《こし》などもて参りたるもめづらしうて、若き人々見興ず。……（いつとなく五月五日になったので、……軒の菖蒲もすきまなく葺きわたされて、格別みごとに風趣をたたえている。そこへ御薬玉や菖蒲の輿などの運びまいらせたのも珍しく思われ、若い女房達は嬉々として目を楽しませている。）

（栄花物語・かがやく藤壺）

薬玉

若干の補足をすると、菖蒲の御輿とは、菖蒲とよもぎを盛った輿です。薬玉は、前掲の「荊楚歳時記」に続命縷、または長命縷とあるものに相当するらしく、種々の香料を玉にして、菖蒲やよもぎも添えて五色の糸を垂らしたもので、それを肘《ひじ》に掛けると、悪疫を避け、長寿をもたらすと

軒に挿したショウブ

されます。「枕草子」には、前掲部分の後に、

…縫殿より御薬玉とて、色々の糸を組み下げて参らせたれば、御帳立てたる母屋《もや》の柱に左右に付けたり。九月九日の菊を、…同じ柱に結ひつけて月ごろある、薬玉に解き替へてぞ棄つめる。（……縫殿寮から御薬玉といっていろいろな色の糸を組んで垂らして献上してあるので、御帳台が立ててある母屋の柱に、左と右とにそれをつけた。前年の九月九日、重陽の節句の折の菊を……同じ柱に結びつけてこの何ヶ月もの間あったのを、薬玉にひもを解きかえて、その以前の菊をすてるようである。）

とあって、薬玉は寝殿中央を表す母屋の左右の柱に結び付け、九月九日に菊に交代するとされています。

和歌での端午の節の菖蒲は、軒に挿した様を詠むことが主です。その一首を挙げます。

つれづれと　音絶えせぬは　五月雨の　軒の菖蒲の　雫《しづく》なりけり　（後拾遺・夏・二〇八・橘俊綱）

五月雨が降る中で、軒に挿した菖蒲から落ちるしずくの絶え間ない音を詠んだ一首です。以上が端午の節で主に注目されることですが、なお、もう一点あります。

根合

それは、端午の節に催される、根合《ねあはせ》という行事です。平安時代には、○○合《あはせ》と言われる貴族の遊びが盛んに行われました。まとめて物合《ものあはせ》と言いますが、単純に言えば、左右に分かれた者がある物の優劣を競う遊びで、歌合《うたあはせ》もその一種です。「平安朝歌合大成」に集成された物合を列挙してみます。

紅梅合、蛍合、瞿麦《なでしこ》合、菊合、女郎花《をみなへし》合、草合、花合、紅葉合、前栽《せんざい》合、物語合、草子合、絵合、障子絵合、小箱合、貝合、扇合、謎合、

このように物合は日常生活で目にし、耳にする様々なものについて行われたことがわかります。

根合も物合の一つですが、これは、菖蒲の根の長さを競うものでした。なぜ根にこだわったのかは不明ですが、クズ・カタクリ・レンコンなどと同じく薬用になり、大きさを競ったとも思われます。上記「歌合大成」には四回の根合が見え、中でも大がかりだったのが、永承六年（一〇五一）五月五日に催された内裏根合です。「栄花物語」には、この催しを見守った女房たちが菖蒲の衣・よもぎの唐衣などで装ったとあり、「古今著聞集」では、洲浜《すはま》という浜辺を模した置物に、銀の松や鶴亀と沈香《じんかう》という香木で作った岩を据え、銀の遣り水を流したなどとあり、目を見張る豪華さが偲ばれます。さて、根合の勝負場面ですが、

…左右相分かれて御前に候す。経家朝臣、長き根を取りて良基朝臣に授けて、南の廂《ひさし》〈母屋の外〉に伸べ置かしむ。右またかくのごとし。その長短を争ふ。左の根一丈一尺、右の根一丈二尺、よりて右勝ちにけり。…

とあります。根の長さは、左が約三・六メートル、右が約四メートルもあります。このようにして根合は三番まで行われ、その後に歌合と管弦の演奏があって一連の催しは終えま

ショウブの根（写真提供：加茂荘花鳥園）

した。

根合は、「堤中納言物語」の中の一編、「逢坂越えぬ権中納言」の一場面にも描かれ、その根合の後の歌合では、

君が代の　長きためしに　菖蒲草　千尋《ちひろ》に余る　根をぞ引きつる

と、長寿の手本（ためし）として菖蒲の計れないほど長い根を引き抜いたという、根合に相応しい一首も詠まれています。

菖蒲の和歌

菖蒲は端午の節との結び付きによって注目され、和歌にも詠まれますが、必ずしも端午の節を常に詠むわけでもありません。最後に菖蒲を詠んだ名歌二首を掲げることにします。

ほととぎす　鳴くや五月《さつき》の　あやめ草　あやめも知らぬ　恋もするかな

（古今・恋一・四六九・読人しらず）

これは、「古今集」で唯一の菖蒲を詠んだ歌です。上句は五月の情景を示すだけの序詞で、「あやめ草」から引き出された「あやめ」が筋道の意の「文目」で、下句は分別を越えた恋に陥った恋の始発を詠んでいます。次に挙げる歌は、この「古今集」歌を本歌取りした作品です。

うち湿り　あやめぞ薫る　ほととぎす　鳴くや五月の　雨の夕暮れ

（新古今集・夏・二二〇・藤原良経）

しっとり湿った中で広がる菖蒲の香りを強調し、それがほととぎすの鳴く五月雨の降る夕暮れ時だと言います。湿り気に五月雨とほととぎすの声が重なりながら、むしろ菖蒲の香りが包み込む静かな調和が感じられる秀歌です。

菖蒲に対する古人の関心は、現代人には及びもつかないもので、人と自然の結びつきの強さを再認識させられます。五月五日には、菖蒲湯の香りの中で、一時でも爽やかな気分を味わいたいものです。

時鳥—夏、夜更けの一声—

「夏は夜」と「枕草子」にもあるように、夏の日中は暑さで見るべき花もありません。古典文学で季節を通して代表するものとは、現代人にはほとんど縁遠いホトトギスです。

ホトトギスの漢字と鳴き声

ホトトギスは異名も多い鳥ですが、漢字表記でも以下のようなものが知られています。時鳥・郭公・子規・不如帰・杜鵑・蜀魄・霍公鳥。おそらく一語としては最多でしょう。このことだけでも格別な鳥だと知られます。これらの中に郭公もあります。これはカッコウという別の鳥のはずなのに、と違和感すらあります。しかし、実はホトトギスはカッコウ目カッコウ科に属し、ウグイスに託卵することも共通するので、混同されていたのかもしれません。古典和歌で郭公はホトトギスの表記として、ごく普通に使います。なお他のいくつかは中国の伝説に由来がありますが、それは後に触れます。数あるホトトギスの表

ホトトギス

記の中で、今回は時鳥を代表で用いることにします。

時鳥は「万葉集」でも一五〇首余りあり、「古今集」では夏に属する歌三四首のうちの二八首に詠まれています。春の桜に劣らず、まさに時鳥は夏を代表する鳥でした。

時鳥は渡り鳥の夏鳥で、五月ごろ南方から飛来します。声は「キョッキョッキョキョキョキョ」と鳴き、「テッペンカケタカ」とか「特許許可局」と聞こえるなどと言います。筆者は自宅で夏の朝に聞き、ウグイスとはちょっと違うなと気づきました。その鳴く様は、

谺《こだま》して　山ほととぎす　ほしいまま（杉田久女）

のように、山に登ると昼でも「ほしいまま」に鳴くようです。しかし、平安和歌では、そうした実際の生態と別に、鳴く時や鳴き方などで、歌人たちが好んだ共通の美意識によってかなり限定された詠み方に絞られています。

ホトトギスを詠む和歌の基本

平安時代の時鳥を詠む上でのポイントは「古今集」にほぼ尽くされています。それらについて和歌を挙げて見てゆくことにします。

いつのまに　五月来ぬらむ　あしひきの　山時鳥　今ぞ鳴くなる（古今・夏・一四〇・読人しらず）

夏の夜の　伏すかとすれば　時鳥　鳴く一声に　明くるしののめ（古今・夏・一五六・紀貫之）

思ひいづる　常磐《ときは》の山の　時鳥　唐紅《からくれなゐ》の　振りいでてぞ鳴く（古今・夏・一四八・読人しらず）

三首とも夏の歌ですが、まず最初の二首を見ます。古典では、四・五・六月が夏ですが、「早くも五月が来たらしく、時鳥が鳴き始めたようだ」というものと、「夏の夜は短いものだが、眠りに就いたと思ったら時鳥が一声鳴いて夜が明けた」というものです。これらには時鳥の詠み方の大事な点が表現されています。つまり、時鳥は「五月になると」、南方からの渡り鳥としてではなく、「山から飛来して鳴き」、それは「夜更けから明け方間近」で、「一声鳴く」ということです。ちなみに、昭和の時代を知る人なら、「〽一声泣いては旅から旅へ　苦労深《見》山の時鳥……」という歌詞に覚えがあるはずで、それは正に和歌の伝統です。

三首目は、「昔を思い出す時、常磐の山の時鳥が紅の色を染めるように絞り出して鳴き声を挙げているよ」というものです。その声は「昔を思い出す」ことに結びついて、「悲痛な印象」だということです。この歌の注釈には、唐の詩人白居易による有名な長詩「琵琶行」という、平安時代すでに日本に伝わっていた詩の一節、「杜鵑は啼血（血を吐いて鳴く）」が参考に挙げられています。時鳥は口の中が赤く、血を吐いて鳴くというイメージなのでしょう。このように、時鳥には漢文世界からの知識もイメージ作りに関わっていたようです。

ホトトギスは、蜀王の化身

時鳥の漢字表記の多さも、中国の伝説に拠ります。それは、中国の蜀という国で望帝と号した杜宇（＝杜鵑）という王が、帝位への未練を残して死後に時鳥となって、国も滅ん

だことを嘆き悲しみ鳴いたという伝説です。やはり、「古今集」の夏の歌ですが、

時鳥　鳴く声聞けば　別れにし　ふるさとさへぞ　恋しかりけり（古今・夏・一四六・読人しらず）

では、時鳥の声に誘われた懐旧の思いを歌っています。この歌から、下河辺長流という近世前期の和学者は、その著「続歌林良材集」で、蜀王が化した時鳥を説明して、

その鳴く声、「不如帰去」と鳴くなり。これ故郷を思ひて「帰らんにはしかじ」という心なり

と、杜宇の旅中で抱いた望郷への切ない思いが、死後に化した時鳥の声に溢れていて、その声は故郷を思って「帰らんにはしかじ（帰ることにまさることはない）」と鳴いているのだと述べています。これが、「杜宇・杜鵑・不如帰」をホトトギスと読む由来です。また、杜宇は死んで時鳥に化しますが、蜀の人はその鳴き声を聞いて「我が帝の魂」と言ったともあり、ここから「蜀魄」も加わったのでしょう。さらに、同書には、

この鳥の鳴くを待って農事を興すは、そのかみ望帝、稼穡を好める王の魂なる故に、なほ農の事を勧むるなるべし。……この鳥死出の山より来る鳥なれば、死出《しで》の田長《たをさ》と

朝の田

名づく。田長は農を催す名なり。これ彼の蜀王の死して、その魂の鳥と化して更に帰りくる故に、死出の山より来るといふ義か。（この鳥が鳴くのを待って農作業を始めるのは、この鳥が昔望帝が、農業を好んだ王の魂だからで、今も農業を勧めるのだろう。……この鳥は死者の居る山から来る鳥だから、「死出の田長」と名付ける。田長は農業を勧める名です。これはあの蜀王が死んで、その魂が鳥に変わってまた戻ってくるので、死出の山から来るという意味か。）

とあります。つまり、時鳥は「死出の田長」といって、農事を勧める鳥と呼ばれていたということ、また死の国から飛来するという、新たな時鳥のイメージが加わります。こうした蜀の杜宇についての伝説は、「華陽国志」「蜀王本紀」「抱朴子」などの中国の古い書籍から学ばれたようです。しかし、山を死者の世界として、時鳥が人々の生活する里と往復するという発想は、日本古来の農村の考え方も結びついたものかもしれません。まず時鳥が田の神とされるということですが、「古今集」にある

いくばくの　田を作ればか　時鳥　死出の田長を　朝な朝な呼ぶ

（古今・誹諧歌・一〇一三・藤原敏行）

での歌意は、「どれほどの広い田を作っているると、時鳥は咎めるように、シデノタオサと鳴いて田長を毎朝呼ぶのか」といったものです。ここでの鳴き声が、時鳥そのものを指すようになるとされます。

時鳥が死の国、あるいは冥界と縁が深いことを次に見ます。

橘の花(平安神宮)

ホトトギスは冥界の使者

平安文学中の珠玉の短編、「和泉式部日記」は、高名な歌人和泉式部と冷泉天皇の皇子敦《あつ》道《みち》親王との恋愛を綴った歌日記です。冒頭は、和泉の元恋人だった、敦道の兄為尊《ためたか》親王の死から、ほぼ一年後、為尊の従者だった童が敦道の使いとして、橘の花を和泉にもたらしたところから始まります。なぜ橘なのかは、次の「古今集」の歌に拠ります。

五月待つ　花橘の　香をかげば　昔の人の
袖の香ぞする

(古今・夏・一三九・読人しらず)

つまり、橘の花の香りは昔親しかった人の香りを甦えらせるという内容です。ここでは、橘の花が亡き為尊親王を偲ぶ和泉の心を促すことを、敦道が期待して贈らせたのです。そのことへの和泉の反応が、この日記最初の時鳥を詠んだ歌です。

かをる香に　よそふるよりは　時鳥　聞きかばや同じ　声やしたると

「昔を偲ぶという橘の花より、時鳥の声を私は聞きたいのです。」という内容です。ここに時鳥が用いられるのは、時鳥が亡き親王のいる死者の国から来たとされるからです。時鳥が親王生前の声を思い出させることに期待したいというのが、和泉の答えです。それに、敦道が答えます。

同じ枝に　鳴きつつ居りし　時鳥　声は変はらぬ　ものと知らずや

「時鳥に兄の声を求めるなら、私は同じ枝に止まっていた弟ですから、同じ声ですよ、親しくしましょう」という内容です。和泉の歌を自分の意図に沿って、わざと捩じ曲げて答えたと言えそうです。しかし、実は敦道がそのように答える余地は、すでに和泉式部の念頭にあったのかもしれないようにも思えます。和泉式部の恋歌でのしたたかさも垣間見えるようです。この二首がきっかけになって、二人の恋を描く「和泉式部日記」の世界が繰り広げられることになります。

ホトトギスと恋歌

時鳥が平安和歌で、なぜそれほど好まれたのかと考えた時、深夜から明け方という時間の限定に意味があるように思います。「枕草子」が「夏は夜」と言うように、昼は暑すぎるせいもありますが、平安貴族にとって、夜更けは男女の恋の極まる時間です。恋人と共に夜を過ごす最後の別れ直前の時間、あるいは恋人を待ち続けたが訪れはなく、むなしさを感じざるを得ない時間、それが時鳥の鳴く時に重なります。

時鳥　夢かうつつか　朝露の　おきて別れし　暁の声

（古今・恋三・六四一・読人しらず）

という歌は、「古今集」の恋の歌です。「おきて」は、朝露が「置く」ことと、朝「起きる」

ことを掛けています。この一首は、「恋人との短い逢瀬が夢の中か現実かわからないほどはかなくて、朝露が置く時に目覚めて起きて別れたが、ちょうど飛び去った明け方の時鳥の声だけが耳に残って、それが恋人に会った名残だ」といったものです。ここで時鳥は恋人の面影を残す者とも読めます。このように、時鳥の鳴く時と、恋の思いの最も深まる時間帯は重なるのです。このことが時鳥が好んで和歌に詠まれた大きな理由のひとつではないかと思います。

中国古典による教養、農事生活での親しみ、夏の夜という限定、それらが一つになって、時鳥への強い関心になりました。

梅雨—長雨《ながめ》、五月雨《さみだれ》—

梅雨の頃、内も外も湿気が満ちて気分も晴れないこの時期が、米を主食にする日本人にとっては稲作の本格的作業初めの田植えに当たり、年間でも特に大切な時です。

文化も育む長雨

私たちの住む日本では、冬以外の各季節に長雨の時期があります。しかし、代表はやはり梅雨でしょう。長雨は人々にとって室外での活動への妨げですが、特に梅雨は米作には欠かせず、適度な湿気は野山を潤して美しい自然を育み、漆器や木造建築をはじめ独特で優秀な日本文化を生み出してきました。

梅雨の表し方は、五月雨というよりも、長雨の方が古く、「万葉集」では、「卯の花を朽たすながめ……」のように、初夏に白い花を咲かせる卯の花を萎らせる長い雨と詠まれます。まず、五月雨の前に同じ時期の長雨に触れてみます。長雨の時を格別な時として記述するのが「源氏物語」です。

長雨晴れ間なきころ、内裏の御物忌《ものい》みさしつづきて、……御むすこの君たち、ただこの御宿直所《とのゐ》に宮仕へをつとめたまふ。（長雨の晴れ間もないころ、宮中の御物忌みが引き続いて、……ご子息の君達も、帝への宮仕えよりも、この方（源氏）のお部屋に出仕を励んでいらっしゃる。）

これは、「帚木《ははきぎ》」の巻で、梅雨の長雨の時に、内裏での宿直役になった身分ある貴族の若者達がそれぞれの恋愛体験を語る、いわゆる「雨夜の品定め」の冒頭です。次は「蛍」の巻です。

長雨例の年よりもいたくして、晴るる方なくつれづれなれば、御方々絵物語などのすさびにて、明かし暮らしたまふ。（長雨が例年よりもひどく続いて、空も心も晴れるすべなく所在ないので、御方々は、絵や物語などの慰みごとで、夜を明かし日をくらしていらっしゃる。）

ここでは、例年の梅雨より雨が降り続けて晴れがないので、手持ちぶさたを紛らわそうと姫君達は室内での遊びとして絵や物語を楽しみに過ごしている様が描かれています。この後に、光源氏が「日本紀などは、ただ片そばぞかし」と、堅苦しい歴史書など一面的に過ぎないと言って、物語の価値を述べる有名な物語論が語られます。つまり、梅雨を長雨

梅雨の頃

と言った時、貴族達にとって室内での談論や絵や物語に遊ぶために最適とされた文化的時間だったとも言えるようです。

では、同じ梅雨を五月雨と表した場合について、以下で見て行きます。

重圧感のある五月雨

まず、「源氏物語」で、「花散里」の巻冒頭近く、光源氏が花散里という女性を訪問する場面です。

このごろの、残ることなく思し乱るる世のあはれの種《くさはひ》には思ひ出でたまふには、忍びがたくて、五月雨の空めづらしく晴れたる雲間に渡りたまふ。（このごろ源氏の君ご自身、世の中のことに何から何まで心を悩まされ、その一つとしてこの女君のことを思い浮かべなさるにつけ、じっとしてはいられなくなって、五月雨の空が珍しくも晴れた、雲の絶え間にお出かけになられる。）

大体をたどると、まず源氏の現在の心が千々に乱れていることを述べ、その種として花散里を思い出すと我慢できずに、五月雨の晴れ間に訪れるという文章です。しかし、物語の展開としては、ここで言う花散里という女性一人が源氏の悩みの種ではなく、政敵である右大臣の姫君である朧月夜《おぼろづくよ》との密かな恋の露見で追い詰められて、都から須磨に下る直前という状況での源氏の心境の描写と解すべきで、暗雲立ち込めるそうした状況を五月雨が象徴して、ここは、そのわずかの隙を突いた行動であることを示していると理解すべきだろうと思います。

「源氏物語」以外では、「大鏡」の、「花山帝による肝だめし」という話でも、五月雨が背景になっています。

花山院の御時に、五月下つ闇に、五月雨も過ぎて、いとおどろおどろしくかきたれ雨の降る夜、帝、さうざうしとや思しめしけむ、……「今宵こそいとむつかしげなる夜なめれ。…まして、もの離れたる所などいかならむ。さあらむ所に一人往《い》なむや」と仰せられける……（花山院のご在位の時、五月下旬の闇夜に、五月雨といってても程度がひどく、

「いとおどろおどろしくかきたれ雨の降る夜」

たいそう気味悪くはげしく雨の降る夜のこと、天皇は手持ちぶさたで寂しくお思いになられたのでしょうか、……「今夜はひどく気味の悪い感じのする夜だな。…まして、遠く離れた人気のない所などはどんなものだろう。そんな所へ一人で行けるだろうか」とおっしゃいました。）

五月雨が怖くて寂しい帝の気まぐれな発案で、貴族達は五月雨がひどく降る不気味きわまる闇夜に、広大な大内裏の殿舎を各人離れて巡るというゲームに駆り出されます。結末は後に政権を握る藤原道長が大極殿の柱を削って戻るという剛胆さを示すのですが、五月雨と闇夜の効果が大きい話です。

これらのどれも夜の話ですが、「枕草子」の「五月の御精進のほど」で始まる章段では、昼の五月雨が描かれています。「ついたちより雨がちに曇り過ぐす」日々ですが、時鳥を尋ねに行くため、五日の朝から、清少納言一行は牛車で賀茂の奥へと向かいます。

御主人である一条天皇のお妃の藤原定子の縁者に当たる邸で時鳥の声を聞きワラビの馳走に与って、雨の中を御所へと大急ぎで戻りますが、和歌も詠まず帰ったことを御主人に責められ、慌てたところを、「かきくらし雨降りて、神いと恐ろしう鳴りたれば、物もおぼえず、ただ恐ろしき」と、空が真っ暗になるほど大雨が降り、雷まで恐ろしく鳴って、わけもわからず、ひたすら恐ろしかったという騒ぎに取り紛れるという展開の話です。

ここでは、夜の闇の不気味さはありませんが、話の中の喧噪感や慌ただしさに対して、降り続けて雷まで鳴るという五月雨が効果的に描かれています。昼と夜では同じ五月雨でも、かなり違う印象ですが、どちらも大変に濃密な尋常ならざる時間だという点では共通しているように思います。

同じ梅雨でも、長雨と五月雨では表現世界が大きく異なっていました。掲げたものは散文作品ばかりで即断はできませんが、長雨の用例は外部と隔絶された室内空間での落ち着いて充実した時が描かれ、五月雨は室内外にかかわらず、ある種の濃密さがあり、厳しさや激しさに包まれた空間を印象づけているように思います。ただ、長雨という語は、必ずしも梅雨の時期だけに限りません。また、和歌では「眺め」という掛詞もあって、なお丁寧な考察が必要ですが、ここでは五月雨の表現について続けて見たいと思います。

五月雨の和歌、出発

五月雨を詠んだ和歌を、三代集の夏部から挙げます。

五月雨に　物思ひをれば　時鳥　夜深く鳴きて　いづちゆくらむ　（古今・夏・一五三・紀友則）

五月雨の　続ける年の　ながめには　物思ひあへる　我ぞわびしき　（後撰・夏・一九〇・読人しらず）

時鳥　をちかへり鳴け　うなゐ子が　打ち垂れ髪の　五月雨の空　（拾遺・夏・一一六・凡河内躬恒）

一首目は、五月雨の降り続く中で物思いをして過ごしてきた夜更けに、時鳥が鋭い声を上げて飛び去ったというもの。二首目は、五月に閏《うるう》月があった時の歌で、「ながめ」が長雨と眺めの掛詞です。この眺めは眺望ではなく、思いに耽ってぼんやり見ている意です。二ヶ月も五月雨が続いている年の長雨での虚ろな思いでまなざしを向けても、物思いが尽きない自分が悲しいよ、というもの。三首目は二句切れの倒置で、三・四句目は幼児の髪を垂らしてうなじでまとめた髪型を言い、その髪の乱れのような五月雨（さ・みだれ）の空で、時鳥に繰り返し鳴けと命じたものです。

これらでの五月雨の詠み方をみると、時鳥と物思いが一緒に詠まれることが多いようです。時鳥の鳴き方が、深夜に悲痛な叫びを一声挙げるというイメージであることは、時鳥の項で記しました。その時鳥には作者の心の投影が感じられ、背景の五月雨は、闇の中で乱れ降る情景を想像させます。

五月雨の和歌、展開

五月雨の和歌は、「後拾遺集」の夏にある、次の相模の和歌で大きな転換が見られます。

五月雨は　美豆《みづ》の御牧の　真菰草《まこもぐさ》　刈り干すひまも　あらじとぞ思ふ

（後拾遺・夏・二〇六・相模）

この歌は、現存範囲内で五月雨を最初に歌題とした、長元八年（一〇三五）の歌合で出

美豆の御牧

され、「時、折節に従ふとて勝つ」とされ、藤原清輔という院政期の歌人が著した「袋草紙」では、「この歌講じ出づるの時、殿中鼓動して郭外に及ぶ」という大反響があったと記されています。美豆の御牧は、京都市伏見区美豆町から久世郡久御山町にかけてあった朝廷の牧場で、屏風にも描かれた名所らしく、夏に刈り取って筵《むしろ》を編んだり、粽《ちまき》を巻く真菰が繁茂している低湿地でした。この歌が当時それほど驚愕をもって迎えられた理由は何でしょう。それは、三代集の五月雨詠に登場する時鳥も物思いも関わらない、ひたすら雨に降り込められ、刈り取ることもできない真菰が濡れ尽くした牧場の情景に徹しているためだと思います。人の情感が第一で、自然もそれに従うという、従来の詠法とは明らかに異なる和歌の価値が認められた瞬間だったのだと思います。以後は、この相模の歌に倣った五月雨詠が続くことになります。

五月雨は 日数経にけりあづまやの 茅《かや》が軒端の 下朽つるまで（金葉・夏・一三六・藤原定通）

五月雨に 水まさるらし 沢田川 槙《まき》の継ぎ橋 浮きぬばかりに（金葉・夏・一三八・藤原顕仲）

一首目は、五月雨が降り続いて、田舎屋の茅葺きの軒端の下部が濡れて腐るほどだというもの。二首目は、降り続く五月雨で水量が増した沢田川では、板を継いで作った橋が浮くほどだというものです。この二首は、ともに「後拾遺集」に次ぐ「金葉集」に載せられたもので、その発想は相模の歌を基とします。

しかし、平安末になると、再び五月雨詠に古今集以来の時鳥や人の思いを詠むことが戻ります。

五月雨は　焚く藻の煙　うちしめり しほたれまさる　須磨の浦人

（千載・夏・一八三・藤原俊成）

ほととぎす　雲居のよそに　過ぎぬなり　晴れぬ思ひの　五月雨のころ

（新古今・　夏・二三六・後鳥羽院）

一首目は、須磨の浦に住む侘び人が、藻塩を焼く煙が五月雨で湿るのに合わせて悲しみ萎れていると詠んでいます。二首目は、空高く鳴いて去る時鳥を聞く人の、五月雨に合わせた憂いのある思いを詠んでいます。五月雨の中にいる人物の叙情性が復活していると読み取れ、人と自然の調和を取り戻そうとしているとも思えます。

雨が降り続くこの時期に感じる閉塞感は、古代も現代も同じではないでしょうか。現代でも人々は様々な思いに誘われることと思います。

蛍―梅雨の闇夜に揺らぎ舞う光―

梅雨の雨が途切れた夕べの楽しみとして、蛍狩りは最適です。近代文学なら、谷崎潤一郎の「細雪」の一場面や宮本輝の「螢川」があります。闇の中を音もなく、いくつもの小さな黄色い光が浮遊する幻想的な情景は、時代を越えて人々を魅了します。

「伊勢物語」の蛍と、中国古典

まず、「伊勢物語」の中から蛍が扱われている二箇所を採り上げてみます。

最初は三十九段です。簡単に内容を追うと、西院の帝（淳和天皇）の皇女の葬儀を、ある男が目立たないように、女の乗る牛車で見物に行ったところ、色好みで名高い源至《みなもとのいたる》という人が、女の車と見て蛍を捕って入れたが、乗っていた男が、照らされないようにしようとする内容の和歌を詠み、至も返しの歌を詠むといった内容です。

つまり蛍を明かり代わりとするものですが、これは、中国の歴史書「晋書」の「車胤伝」

蛍

に拠るとされます。その話の要点を紹介すると、古代中国の晋にいた車胤は、貧しくて明かりにする油が買えず、夏には数十匹の蛍を集めて練り絹の袋に入れ、その光で夜も読書をしたという話です。かつて卒業式で定番だった唱歌〝蛍の光〟で歌った、いわゆる「蛍雪の功」の前半です。ただ、この話の主眼は車胤が努力家だった点ですが、三十九段では、蛍を明かりとしたことだけが注目されています。

「伊勢物語」のもう一つの話は四十五段です。ある男に一人の娘が思いを寄せますが、病で亡くなる直前に思いを親に打ち明け、親から聞いた男も駆けつけますが間に合わず、喪に服す夏の末の夜更けごろ、飛ぶ蛍を見て男が歌を詠みます。

ゆく蛍　雲の上まで　去《い》ぬべくは　秋風吹くと　雁に告げこせ

蛍は夏の虫、雁は秋に渡って来る鳥で、蛍が雲の上まで飛び去るなら、秋風が吹くと雁に告げてくれ、といった内容です。ここでの蛍については典拠を含めて諸説ありますが、筆者は亡き娘の魂、または化身とする説に拠りたいと思います。この歌は、季節の交代を告げる役を蛍に託している内容ですが、間接的に男から女への別れの歌とみなすべきなのだと思います。

さて、ここの蛍については、白居易による「長恨歌」の一節が関わっていると考えます。「長恨歌」は、玄宗皇帝と楊貴妃の悲恋が全体の内容で、「源氏物語」の始発にも大きな影響を与えたとされます。その中の楊貴妃の死後に玄宗が悲しんでいる場面で、「和漢朗詠集」にも入れられた

夕殿に蛍飛んで思ひ悄然たり　秋燈を挑《かか》げ尽くしていまだ眠ること能《あた》はず

という句の前半で、夜の御殿に飛ぶ蛍を見て、亡き楊貴妃を偲んで深く憂いに沈む、という箇所が四十五段での蛍に関わると思うのです。

そのように思う根拠は、「伊勢物語」より少し後ですが、平安時代中頃の藤原高遠という歌人の家集にある、この「夕殿蛍飛思悄然」を歌題とする次の和歌が参考になります。

思ひあまり　恋しき君が　魂と　かける蛍を　よそへてぞ見る　（大弐高遠集・二八六）

これに筆者なりの解釈を示すと、玄宗皇帝が亡き楊貴妃を深く思ったせいで、恋しい彼女の魂なのだと、飛ぶ蛍を重ねて見るという内容だと思います。そして、この和歌と同じような、蛍を魂と重ねて見る理解は、なお遡って行われていたのではないか、それが「ゆく蛍……」の歌にも反映されているのだろうと考えるのです。

「源氏物語」の蛍

「源氏物語」で蛍が話題にされている箇所は十例ほどです。その中にも拠り所を「伊勢物語」と同じく中国の古典にするものがあります。その一つに「少女《をとめ》」の巻の次の場面があります。

……か丶る高き家に生まれ給ひて、世界の栄花にのみ戯ぶれ給ふべき御身をもちて、窓の蛍を睦び、枝の雪を馴らしたまふ志のすぐれたるよしを、よろづのことに装へなづらひて心々に作り集めたる……（……（人々の詩は、）若君がこのような高貴な家柄にお生まれになり、世のあらゆる栄華にもっぱらふけっていてもいいご身分でありながら、窓の蛍を友とし、枝の雪に親しむといった刻苦勉励への道を進もうとするご決意がいかにすぐれたものであるかを、思い及ぶかぎりの故事に引合い見立てて、めいめい趣向を凝らして作ったのが集められた……）

これは、光源氏の息子夕霧が大学に入学する準備を物語る中で、光源氏という申し分ない家に生まれながら学問に励む夕霧を、学者達が漢詩に作って讃えたことを述べる部分です。まさに本来の「蛍雪の功」の内容意図そのままの引用です。

次は「蛍」の巻で、巻名のもとになった場面です。源氏が我が娘のようにしている玉《たま》蔓《かづら》を、彼女目当てで訪れる貴公子に蛍の光で見せようとする場面です。

……御几帳《きちゃう》の帷子《かたびら》を一重うちかけたまふに合はせて、さと光るもの、紙燭《しそく》をさし出でたるかと、あきれたり。蛍を薄きかたに、この夕つ方いと多く包みおきて、光を包み

闇夜に揺らぎ舞う蛍

隠したまへりけるを、……（……御几帳の帷子を一枚横木にお掛けになると同時に、さっと光るもの、まるで紙燭をさし出したのかと、姫君はびっくりなさった。蛍を薄い帷子に、この夕方たくさん包んでおいて、光がもれないように隠していらっしゃったのを、……）

几帳という、室内の仕切りにする移動可能なカーテンの布を、支えの横木に掛けた時に光る物があって、灯火（紙燭）を差し出したのかと玉蔓は驚くが、それは蛍を薄い布にたくさん包んでおいて、光を隠しておいたものだったというのです。これも「蛍雪の功」を本とする場面です。「夕霧」の巻の生真面目な若者の夕霧に対して、中年の父親の源氏が、同じ蛍を用いながら対照的に描かれています。

三番目は、「幻」の巻です。この巻は、源氏が最愛の妻を亡くした悲しみの中で過ごす一年間の日々を描いています。その夏の一日、源氏は昼に池の蓮の花を見、夕暮れに蜩の声を聞き、撫子の夕映えを見ても慰められない思いを確認した後、

蛍のいと多う飛びかふも、「夕殿に蛍飛んで」と、例の、古言もかかる筋にのみ口馴れたまへり。（蛍がほんとにたくさん飛びちがっているにつけても、「夕殿に蛍飛んで」と、例によって、古詩も、こうした種類のものばかりが口にのぼるようになっていらっしゃる。）

と、飛び交う蛍に長恨歌の一節を思い出します。まさに玄宗皇帝が亡き楊貴妃の魂を蛍に見るように、源氏も蛍に紫の上の魂を見て、悲しみを更に深めているのだろうと思います。

中国の有名な古典二つと結びつく蛍の例を「伊勢物語」と「源氏物語」で見てきました。そうした古典は他にもありますが、特に今見た二作品は重要と思われて採り上げてみました。

蛍を詠む和歌

四季の変化を目にして、日本の人々は昔から折々に楽しんできましたが、目にし耳にする景物は、期間の短い春秋が豊かで、長くて寒い冬と暑い夏は貧弱です。そうした中で、

「夜は蛍の　燃えこそわたれ」

蛍は昔から夏に欠かせない風物だったのでしょう。

以下では、八代集の和歌を中心に、蛍がどのように詠まれたかを見てゆきます。

明けたてば　蝉のをりはへ　泣き暮らし
夜は蛍の　燃えこそわたれ
（古今・恋一・五四三・読人しらず）

これは、「古今集」の恋歌です。二回ある「の」は「のように」の意味で、恋する人の昼と夜を蝉と蛍に喩えて詠んだものです。つまり、日中は蝉のように「をりはへ（長く続けて）」日暮れまで泣き、夜は蛍のように恋の思いで燃えてます、という恋する人の気持ちを詠んでいます。ここでは、蛍の光は火が燃えて光っていると見なされています。

蛍は虫の仲間ですが、鳴き声は立てず、光ることが注目されて、他の虫にない情趣が詠まれます。

音もせで　思ひに燃ゆる　蛍こそ　鳴く虫よりも　あはれなりけれ（後拾遺・夏・二一六・源重之）

この一首は、「後拾遺集」の夏の歌ですが、「思ひ」の「ひ」を「火」の掛詞として、音もなく「思いの火」で燃えているのが蛍だと詠み、前の歌と合わせて蛍は燃えるものということが一つの定型だとわかります。そして、そのために声を出して鳴く他の虫よりも「あはれ」が強いとされています。虫の中でひたすら声を頼りに訴えるものより、無言で燃えて光る方が内に秘めた思いが深く重いと評した内容の歌です。

鳴く声も　聞こえぬものの　悲しきは　忍びに燃ゆる　蛍なりけり（詞花・夏・七三・藤原高遠）

これは、歌合で初めての蛍題が出された、寛和二年（九八六）催された花山天皇による内裏歌合での出詠歌です。鳴く声は聞こえないが、悲しさを感じるのは秘めた思いで燃える蛍だと気づいたと詠んでいます。この歌も蛍と他の虫との違いを前提にして、声がなく燃えて光ることに、忍んでいる深い思いを感じ取った一首です。

和泉式部の蛍の和歌

多くの蛍を詠む歌の中でも注目されるのが、「後拾遺集」にある和泉式部の次に挙げる一首です。詠まれた事情は、詞書で、「男に忘られけて侍りけるころ、貴船に詣りて、みたらし川に蛍の飛び侍りけるを見て詠める」とあって、失恋による傷心の身で、京都市左京区鞍馬貴船町にある貴船川の辺にある貴船神社に詣でた時、近くの川を飛び交う蛍を見ての一首とわかります。

貴船神社内の和泉式部歌碑

物思へば　沢の蛍も　我が身より　あくがれ出づる　魂《たま》かとぞ見る

（後拾遺・神祇・一一六二・和泉式部）

失った恋への整理も諦めもつかずに、心を悩ませたまま訪れた神社の前の沢には、水の上を幾筋もの蛍の光がゆらぎながら無音の舞を舞っていて、それはまさに我が身から離れて浮遊する我が魂かと見るというのです。この歌には、

奥山に　たぎりて落つる　滝つ瀬の　玉散るばかり　物な思ひそ

（後拾遺・神祇・一一六三）

という、奥山で激しく落ちる滝のしぶきの玉と同じく魂が飛び散るような思いをなさるな、と和泉の激しい心をなだめようとする返歌があり、これは貴船明神によるもので、男の声で和泉には聞こえたとの左注が付いています。

和泉の歌については、「源氏物語」の「葵」の巻に見える、葵《あふひ(あおい)》上《のうへ》に取り憑いた物の怪の言葉、「……物思ふ人の魂は、げにあくがるるものになむありける」を引用し、遊離魂からの説明が多くされます。しかし、なお、「物思ひ」のために「魂」が身から抜け出

して、それが蛍になって光っているという点に注目したいと思います。「物思ひ」の「ひ」が「火」を掛けて、蛍を燃える火と捉えることは、すでに見た「古今集」以来の蛍の歌にありました。なお例を挙げれば、「後撰集」の夏にあって、「和漢朗詠集」で蛍に部類されている、

包めども　隠れぬものは　夏虫の　身よりあまれる　思ひなりけり（後撰・夏・二〇九・読人しらず）

も、そうしたもののひとつです。包んでも隠れないものは、夏虫の身から溢れた思いの火だと詠んでいます。ここでは夏虫が蛍のことで、それは「思ひ」の「火」だというのです。こうした蛍の詠み方に対して、和泉の「物思へば……」は、どこに差があるのかというと、蛍を魂だと決めた点です。この蛍を魂と見る発想は、前に掲げた高遠の歌にあるものでした。二首の先後関係は、同時代の人なのではっきりしません。しかし、なおその本には、長恨歌の「夕殿蛍飛……」があって、すでに述べたように、これこそが発想の出発地ではないかと思います。

その意味で、和泉の歌は「伊勢物語」四十五段の「行く蛍……」と根を同じくすると言

えます。ただ、なお和泉が非凡なのは、「長恨歌」も、その解釈を示した高遠歌も「伊勢物語」も「源氏物語」も、蛍を大切ではあるが自分以外の死者の魂と見ているのに、和泉は自分自身の魂を見ているところにあると思います。和泉の和歌には、まさに自身の遊離魂を詠んだ、

人はいさ　我が魂《たましひ》は　はかもなき　宵の夢路に　あくがれにけり　（和泉式部集続集・四〇六）

という歌もあります。人はさあ、どうか。私の魂ははかない宵の夢の中に憧れてゆきます、と歌います。和泉は物思う自分自身を客観化して見つめていて、その点にこそ和泉の歌人としての意識の奥深さが認められると思います。

最後に和泉式部の和歌へのオマージュと言うべきか、「物思へば……」を本として作られた影響歌を列挙します。

涙にも　消えぬ思ひの　身をつめば　沢の蛍も　あらはれにけり　（涙でも消えない思いの火に苦しむ身をつねったら、沢の蛍も現れました。）　（相模集・二四六）

是やさは（それでは）あくがれにける魂《たま》かとて　ながめし沢の　蛍なるらん（これが、それでは和泉式部が抜け出た魂かと眺めた沢の蛍なのだろうか。）

（林葉集・三三七「社頭蛍火」題）

沢水に　蛍の影の　数ぞ添ふ　我が魂《たましひ》や　行きて具《ぐ》すらむ（沢水に蛍の光の数が加わる。私の魂が行って添うているのだろうか。）

（聞書集・一九一）

蛍は、近世の俗謡にまで、〝鳴く虫よりも鳴かぬ蛍が身を焦がす〟とありますが、〝ホ、ホ、ホタル来い、……〟、〝ホタルの宿は、川端柳……〟などの歌でも親しみました。

秋

七夕―初秋の行事―

七夕について現代人は、七月七日の日付に、夏の梅雨も終えないうちのことと思い込んでいますが、旧暦であれば、七月七日はほぼ一ヶ月半後で初秋の行事です。現代人でも、七夕と言えば、短冊に願い事を書いて笹の葉に結んだ記憶は、子供時代の懐かしい思い出です。

中国の七夕と日本の七夕

七夕は、古代中国の伝説に我が国の習俗が重なったものとされます。中国最古の詩編「詩経」から主人公の牽牛・織女の名はあり、機織りの織女が牛飼いの牽牛と結婚後、以前のように働かなくなったことを天帝が怒り、年に一度だけ会うこと以外を禁止したという二星の悲恋話は、「文選《もんぜん》」にある後漢（二五～二二〇）頃作られた古詩が最も古いとのことです。物語の成立後、中国の類書「白孔六帖《はくこうりくじょう》」に、「風俗記、織女七夕まさに河を渡る

かささぎ

べし、鵲《かささぎ》をして橋と為《な》さしむ」とあるように、鵲が天の川に並び羽を広げて、織女を渡したと伝えられるようにもなります。

そして、この日は乞巧奠《きっこうでん》と呼ばれる、女性が裁縫の上達を願う—巧みを乞う—祭でもありました。古代楚の国の年中行事を記した「荊楚歳時記」に拠れば、二星が会う夜、女性達は美しい色糸を結び、七つ孔を開けた金・銀・真鍮の針を作り、台の敷物に酒を並べ、瓜を庭に置いて、その瓜に蜘蛛が巣を懸けたら願いが叶うとしたとのことです。

こうした中国の行事に、古代日本の民俗行事であった、水辺に棚を作って神の衣を機織りし、神を迎えて一夜を過ごす女性を棚機《たなばた》つ女《め》と呼んだと言われることが結びついたのだろうとされています。

七夕飾り（貴船神社）

「万葉集」の七夕歌

すでに「万葉集」で、一三〇首余りの七夕に関する和歌が詠まれています。

袖振らば 見もかはしつべく 近けども
渡るすべなし 秋にしあらねば

（万葉・巻八・一五二五）

二星は、天の川を隔てるが袖を振ったら互いを見交わせるほど間近なのに、秋でないので渡る手立てがない、と詠んでいます。「万葉集」の七夕歌の特徴は、空の星の伝説を地上で離れている恋人のように、現実的に詠んでいる点です。

彦星の　妻迎へ舟　漕ぎ出《づ》らし　天の河原に　霧の立てるは　（万葉・巻八・一五二七）

我が背子に　うら恋ひをれば　天の川　夜船漕ぐなる　梶の音聞こゆ　（万葉・巻十・二〇一五）

彦星が天の川の河原に霧が立つ中を織り姫（織女）への船をこぎ出す様と、織女の側から、彦星を恋しく思っていると、天の川を夜に船を漕いで来る音が聞こえると詠んでいます。この二首は、七月七日に、天の川を船を漕いで渡り、隔たった二星が会う状況を、立つ霧と梶の音に寄せて詠んでいますが、注目点は、牽牛（彦星）が天の川を渡って織女に会おうとすることです。しかし、上で示した中国の伝説では織女が川を渡ることになっています。例えば、院政期に編まれた「新撰朗詠集」に載る白居易の詩句にも、

今宵には織女　天河を渡る、朧月微雲もはら（もっぱら）に羅（衣薄）に似たり

のようにあります。これに対して、「万葉集」では当時の日本の恋の形に合わせて、男の牽牛が天の川を渡って織女に会いに行くように詠んだのだと見られます。そのように見ると、中国の伝説では鵲が羽を連ねて天の川に橋を成すとありましたが、「万葉集」では船

に乗り、梶を漕いで渡すとあるのも日本風です。

平安時代の七夕歌

平安時代の和歌について、八代集から見ますが、以下では、この時代の七夕の和歌について、まとめられるものを大づかみに分類して見ることにします。

まず、二星が会えるのが一年に一日だけということ（A）、七月七日に会うまで（B）、別れの朝（C）の三通りがあります。その詠み方も、二星の心を推測するもの（1）、現実の作者自身の思いを主とするもの（2）、七夕伝説を一つの景のように客観的に捉えるもの（3）とに分けられます。実際例で示します。

A1　契りけむ　心ぞつらき　七夕の　年にひとたび　会ふは会ふかは（約束したという心が辛い。七夕が一年に一回会うのでは会うといえるのか。）

（古今・秋上・一七八・藤原興風）

A2　我のみぞ　悲しかりける　彦星も　会はで過ぐせる　年しなければ（私だけが恋人に会えな

いで悲しい。彦星も会わないで過ぎる年はないのだから。）

（古今・恋二・六一二・凡河内躬恒）

二星の一年に一度しか会えない定めへの辛さが詠まれた歌と、二星が一度でも毎年会えるのに、それも叶わない人の悲しさを詠んだ歌です。

B1

恋ひ恋ひて　会ふ夜はこよひ　天の河　霧立ちわたり　明けずもあらなむ（ひたすら恋い続けて会えるのは今夜。天の川は霧が立ち広がって夜が明けないでほしい。）

（古今・秋上・一七六・読人しらず）

B2

わびぬれば　常はゆゆしき　七夕も　羨まれぬる　物にぞ有りける（恋人に会えず苦しいので、日頃は同じようで不吉に見ていた七夕も、七月七日は羨ましいことです。）

（拾遺・恋二・七七三・読人しらず）

B3

この夕べ　降りつる雨は　彦星の　と渡る船の　櫂《かひ》のしづくか（今夜降った雨は、彦星が天の川を渡る船の櫂から落ちた雫なのか。）

（新古今・秋上・三一四・山部赤人）

二星が恋い続けて、やっと会えて霧で夜が明けないことを願った歌と、一年一度しか会えず望まれない七夕も、七月七日は羨ましいという人の心を詠んだ歌に、最後は七日夕方降った雨への想像です。

C1

たなばたの　帰る朝の　天の河　舟も通はぬ浪も立たなん（たなばたが帰る八日の朝の天の川は船も通えない高い波が立ってほしい。）

（後撰・秋上・二四八・藤原兼輔）

C2

たなばたは　後の今日をも　頼むらん　心細きは　我が身なりけり（たなばたは来年の今日会うことを期待しているでしょう。それもなく心細いのは私ですよ。）

（詞花・雑下・四〇〇・読人しらず）

C3

たなばたは　今や別るる　天の河　川霧立ちて　千鳥鳴くなり（たなばたは今朝が別れの時な

のか。それを悲しむように、天の川では霧が立ち千鳥が鳴いています。）（新古今・秋上・三二七・紀貫之）

初めの一首は、「たなばた」が表すのが彦星か織り姫か二説あります。次は二星が会うことは来年もあるが、自分にはあてがないという人の心を詠んだもので、最後は八日の朝霧の中で千鳥が鳴く天の川の情景の歌です。

ほかに、七夕祭にちなんで詠み込まれるものがいくつかあります。乞巧奠と日本本来の織り姫にちなんで布や糸を供えることもあり、それを「織女に貸す」と詠みます。また、天の川を渡る船の梶と同音の梶の葉に願い事を書く風習があって、それによる梶を詠む歌などもあります。

たなばたに　脱ぎて貸しつる　唐衣　いとど涙に　袖や濡るらん（たなばたのために脱いで貸し供えた唐衣は、別れでますます涙で袖が濡れるでしょうか。）（拾遺・秋・一四九・紀貫之）

天の川　と渡る船の　梶の葉に　思ふことをも　書き尽くるかな（天の川の瀬戸を渡る船の楫と同じ梶の葉に思うことを書き付けます。）（後拾遺・秋上・二四二・上総乳母）

天の川と二星

一首目は、織女に自分の脱いで貸した衣が、別れの涙で袖が濡れるだろうかと、二星の悲しみを思いやった歌。二首目は、梶の葉に書く風習そのものが内容です。七夕とは、牽牛・織女（彦星・織姫）の二星が、一年に一度だけ会うことで愛を確かめるという、恋愛の極限を象徴することとして重んじられていたことがわかります。

七夕の時に、笹に願い事を書いた短冊を下げる風習は近世に始まるようです。しかし、乞巧奠の伝統をも受け継ぐしめやかで雅びな楽しみです。慌ただしく、派手な賑やかさを好む現代では忘れられがちですが、これからも続いてほしい行事です。

盆―迎え火は生者の心を照らす―

七夕と同じく、やはり初秋に属する行事です。お盆提灯を下げ、精霊馬《しょうりょううま》という茄子の牛とキュウリの馬を立て野菜などを供物にして、麻幹《おがら》という皮をはいだ麻の茎を焚いて、死者を冥土から迎え、そして送り返します。久しぶりに家族が集まり、思い出をゆっくりと語る時です。

盂蘭盆《うらぼん》の由来

通称は〝お盆〟ですが、正式には〝盂蘭盆〟と言い、「仏説盂蘭盆経」という経典に基づく仏教行事です。以下は、その経典からの要点です。

釈迦の弟子の一人の目蓮は、死後に餓鬼道に落ちた母のために差し出した飯が、母の口に入る前に炭になってしまう。目蓮の悲嘆に応じた仏は、「汝《なんじ》が母、罪重し、汝一人のいかんともするところにあらざるなり。まさに十方衆僧の威神の力をたのむべし」と言い、

盆供養

これによって、七月十五日には十方衆僧が、厄難を受けている七代の父母のために百味・五菓を供えて供養することになって、その後、「目蓮の母、一切餓鬼の苦を脱するを得たり」とあります。これが現在に続く盂蘭盆の起源で、古代中国の年中行事を記す「荊楚歳時記」にも、「七月十五日、僧尼道俗、ことごとく盆を営み、諸寺に供す」とあります。日本では、推古天皇十四年（六〇六）が初めで、斉明天皇三年（六五七）に飛鳥寺西に須弥山像を作り、盂蘭盆会を設けたとあり（日本書紀）、平安時代には宮廷行事としての整備が進められ、貴族達の世界へと広がりました。

平安文学の盂蘭盆

平安文学での盂蘭盆の記述は少なく、まず「栄花物語」の「音楽」の巻に、

殿の御前、御堂御堂の僧ども召して、御誦経ども申し上げさせたまふ

と、藤原道長が栄華の象徴として建立した法成寺の阿弥陀堂で催された盂蘭盆の記述があります。他には、「宇津保物語」の「内侍のかみ」で、相撲の節会を準備する中、直前の盂蘭盆について、

「いかにぞ御盆ども例の数候ふや」。義則いふ。「御盆は早稲の米を仰せにつかはせ」…

と、供物の数について触れている記述があります。

「蜻蛉日記」は、当時最大の権力者となる藤原兼家の妻となった女性の、離れて行く夫への苦悩を主に記した回想日記ですが、三箇所で盆の記事があります。まず上巻で、応和二年（九六二）作者が二十七歳、結婚して九年目です。体調を回復しようと作者が寺に詣でる場面で、盆の準備に何やら見たことのない格好で物を背負って集まる庶民の姿を夫とともに見ていて和む場面です。

……例ものする山寺へ登る。十五六日になりぬれば、盆などするほどになりにけ

り。見れば、あやしき様に担ひ戴き、様々にいそぎつつ集まるを、諸共に見て、あはれがりも、笑ひもす。（いつも出かける山寺へ登る。七月も十五、六日になったので、盆のことなどするころになってしまった。見ていると、人々が奇妙なかっこうに物をかついだり頭に載せたりして、いろいろに支度をして集まってくる、その様子を、あの人といっしょに眺めて、殊勝に思ったり、おもしろがったりする。）

次は中巻です。天禄元年（九七〇）作者三十五歳で、別に住む夫の訪れの絶え間が長くなる日々、盆が間近になったころです。

七月十余日にもなりぬれば、世の人の騒ぐままに、盆のこと、年ごろは政所《まんどころ》にものしつるも、離れやしぬらんと、あはれ、亡き人も悲しうおぼすらんかし、しばし心みて、斎《とき》もせんかしと思ひ続くるに、涙のみ垂り暮らすに、例のごと調じて、文添ひてあり。「亡き人をこそおぼし忘れざりけれと、惜しからで悲しき物になん」と書きて、ものしけり。（七月十日過ぎにもなったので、世間の人が騒いでいるのにつけて、お盆の供物のことは今まであの人の政所でしてくれたが、それももう関係ないことになってしまったのかしらと思い、ああ、亡くなった母上もさぞ悲しくお思いのことだろう、しばらく様子をみていて、何の音沙汰もなければ、自分でお斎の準備もしようと思い続けると、涙ばかりがこぼれるありさまで日を過ごしていたが、いつものようにととのえ、手紙がついて、届けてきた。「亡き母のことはお忘れでなかったが……と思うにつけ、『惜しからで悲しきものは』という思いでございます」と書いて、やった。）

政所は貴族の家の事務を扱う所で、以前はあった夫の政所からの盆の準備がないのかと、六年前に亡くなった作者の母も悲しんでいるだろうと思いつつ、供える食事（斎）の用意をしようと泣き暮らしていたら、以前のように盆の用意をして手紙も添えてあり、それに、亡き母をお忘れではなかったと思いつつ、今さら惜しくないにしてもお出でがなく悲しいと返事をしたとの内容です。夫婦仲の冷えた様子、夫の配慮にも素直には喜べない作者の心があざやかに読み取れます。

最後は、下巻です。前の記事の二年後の三十七歳の時です。

七月十よ日になりて、客人《まろうど》帰りぬれば、なごりなうつれづれにて、盆のことの料など、様々に嘆く人々のいきざしを聞くも、あはれにもあり、安からずもあり。四日、例のごと調じて、政所の送り文添へてあり。いつまでかうだにと、物は言はで思ふ。（七月十日過ぎになって、客の人たちが帰ってしまったのち、にぎわいのあともとどめず、つれづれなので、お盆のお供えの品をどうしようなど、あれこれ愚痴をこぼす人々のため息を聞くに

精霊馬

つけて、しみじみ心痛む思いもし、落ち着かぬ気持ちにもなる。十四日、例年のように供物をととのえて、政所の送り状を添えて、届けてきた。こんなことさえ、いつまで続くのだろうかと、口には出さず、心の中で思う。）

作者方にしばらく滞在していた父方親族が去って、急に寂しくなった頃、間近な盆の供物などのことで嘆く周囲の吐息に不安を募らせていたが、十四日にいつも通り夫の政所から、盆の用意に文を添えて送られてきて、しかし、これがいつまで続くかと作者は言葉に出さず思うという内容です。

ここでは、上に掲げた時期以上に、夫兼家との仲がいっそう疎遠さを増しているとわかります。長い年月に渡って毎年同じ時期に繰り返される行事だから、その時々の人物の状況が自然と反映されることになりました。

平安和歌の盂蘭盆

平安和歌での盂蘭盆は、次に掲げる「枕草子」の一章段に見える一首が知られるのみです。

右衛門の尉《じょう》なりける者の、えせなる男親を持たりて、人の見るに面伏せなりと苦しう思ひけるが、伊予の国より上るとて、浪に落とし入れけるを、「人の心ばかり、あさましかりけることなし」とあさましがるほどに、七月十五日、盆たてまつるとていそぐを見給ひて、道命阿闍梨《どうみょうあじゃり》、

わたつ海に　親押し入れて　子の主《ぬし》の　盆する見るぞ　あはれなりける

と詠み給ひけんこそをかしけれ。

子による親殺しから始まる話で、すんなり読みにくい内容です。同じ話は後に「続詞花集」、「古本説話集」・「世継物語」にも入れられていて、また、上に掲げた本文と字句に若干差がある「枕草子」の他の本の記述を含めて、大体の内容を筆者の理解でたどってみ

迎え火・送り火

ます。

右衛門府の三等官だった男で、人並みにはひどく劣っている父を持っていると、人前に恥じて苦しく思っていたが、伊予（愛媛）から京への船旅で海に落として殺してしまったという。それを人は「人間の心の低劣さ」とあきれていたが、何とその男が、七月十五日に、盆供養の準備をするのをご覧になって、僧侶で歌人の道命が

海に親を押し込んだ本人が盆供養をするのを見るとは痛ましいことだ

と歌を詠んだことは、興味を惹かれることだ。

この話では、男が「右衛門の尉」と具体的

で、人間の心の本質を「あさまし」と評するのももっともらしいにもかかわらず、親殺しへの処罰はまったくないという、現実の事件とは信じがたい内容です。あるいは出所不明の話から道命が和歌を詠んだに過ぎないのかもしれません。事柄を評価する和歌の「あはれ」や、章段末尾の「をかし」にも様々な理解がありそうです。

話の中心は外聞ばかりを重んじる子が親を殺しながら、盆供養をするという皮肉を語っています。しかし、ここの和歌は「続詞花集」で「戯笑」という部立に入っています。辞書で「戯笑」とは、「戯れ笑うこと」「滑稽。諧謔。」とあり、親殺しとはあまりにかけ離れて感じられます。そのヒントは盂蘭盆の語にあるのかもしれません。

盂蘭盆とは梵語のウランバナの音訳で、本来の意味は「倒懸」、つまり逆さ吊りのことで、餓鬼道に落ちた親の苦しむ様を表すとされます。この意を含めて道命の歌を解釈すると、子が親を頭から海に落とし込み、親は冥界でも逆さ吊りの苦を味わっているのを、件の子が救おうとするとは、あわれなことよ、となります。ここで逆さ吊りが二度重なったことに戯笑とされる理由があるのかと思います。しかし、笑いと言うには強い毒のあるニヒルな人間認識をも思わせられます。

偶々の偶然ですが、和歌を詠んだ道命は、先に紹介した「蜻蛉日記」の作者が道綱母と呼ばれる女性で、道命は道綱の子です。つまり、道命は道綱母の孫という関係です。比叡山で僧としての修行を積み、晩年には大阪にある天王寺の別当という重職に就きました。読経の声が素晴らしく、説話世界では真偽はともかく和泉式部と通じたとも言われ、破戒僧ともされています。芥川龍之介が道命のことを、「道祖問答」という小説に書いています。僧侶としても歌人としても枠にとらわれない自由さがあり、和歌に諧謔性を求めたことも道命の特色です。そうした道命らしい和歌の一例を家集から示してみます。

　　ところの、木の枝のやうにて一尺ばかりなるを、人のもとに
音にきく　高麗《こま》もろこしは　広くとも　かかるところは　あらじとぞ思ふ（山芋が木の枝のようで一尺ほどあるのを、人のところに送った　名高い高麗や唐土は広くても、このように長い山芋のある土地はないだろうと思うよ。）

これは、三〇センチを越す巨大な「ところ（野老＝ヤマイモの一種）」を人に贈るのに付けた歌ですが、大きさとしての「所」を懸けて、「高麗もろこし」の国土と比べ、その大きさを軽妙に強調して詠んでいます。しかし、題材がまったく異なるためでしょうか、「わ

たつみ……」のようなブラックユーモアはありません。

むしろ、道命らしさとは、伝統とか常識の縛りにとらわれない点で、「わたつみ……」の歌も、仏教教義をそのまま人間世界に当てはめるのではなく、彼なりの関心の持ち方で事柄を捉えて示しつつ、人間の心の最も底辺にある世界をあえて人々に意識させ、人間の本質への自覚を促しているということかもしれません。

盂蘭盆は本来は亡くなった親族のための行事ですが、むしろ、それを迎える生者の心の有り様を照らし出すもののようです。死者に恥じることない生者であることが大事だと教えられる気がします。

荻―秋の気配―

日本列島で気温が連日三五度を越えて四〇度に迫る猛暑の頃、実は立秋も過ぎ、付近の草むらはいつの間にか秋の装いへと移り始めます。漢字が似ている荻と萩は、どちらも秋の植物で、荻は荻原、荻窪など普通に使いますが、どんな植物でしょう。

荻は薄のよう

荻はイネ科の多年草で、湿地に群生します。高さは一～二・五メートルで、秋に黄褐色の花穂が二五～四〇センチになります。薄に似ていますが、薄に比べて葉が大きく、高さも少し高く、また花を広げた時に茎の下部が露出するところに差があるとされます。中世の歌人京極為兼（一二五四～一三三二）は、荻と薄の間柄を次のように詠みました。

荻の葉を　よくよく見れば　今ぞ知る　ただ大きなる　薄なりけり　（野守鏡・五）

和歌では「万葉集」に三首詠まれていますが、「古今集」にはなく、その直後あたりから多く詠まれるようになったようです。

いとどしく　物思ふ宿の　荻の葉に　秋と告げつる　風のわびしさ

（後撰・秋上・二二〇・読人しらず）

これは、「古今集」に次ぐ「後撰集」の秋上に入っている歌です。作者が物思いをしている家の前の荻の葉に、侘しさを誘う風が吹き渡り、秋の訪れを知らせると詠んでいます。秋の訪れは、「古今集」の名歌、

秋来ぬと　目にはさやかに　見えねども　風の音にぞ　驚かれぬる

（古今・秋上・一六九・藤原敏行）

にあるように、風が知らせるとされています。荻の特色はその高さで、上葉を風がそよぎ吹くことが好んで詠まれ、荻の葉を吹く風は秋の到来を示します。

荻

荻の特色は高さ

「源氏物語」で、若き光源氏の恋の一つに、年老いた伊予介の後妻空蝉《うつせみ》への恋がありま す。しかし、人妻の彼女は源氏を避けようとし、ある夜に源氏が彼女の寝屋に入ってきた時に、単衣の上に着ていたものを残して逃げ、それが空蝉と呼ばれたきっかけです。その時、源氏は同じ部屋で寝ていた伊予介の前妻の娘と契ってしまいます。その娘については、直前に空蝉と碁を楽しんでいるところを源氏が垣間見る場面があり、着衣もセクシーで華やかさもあるが、しどけない少し品格に欠けた美人とされます。彼女は、後に源氏が送った次の歌に因って軒端の荻と呼ばれます。

ほのかにも　軒端の荻を　結ばずは　露のかごとを　何にかけまし

「結ぶ」は、契りを結ぶ意で、かすかでも、あなたと結ばれていなかったら、今あなたに会えないことへの露のようなはかないぐちを何に出せるでしょうと、型通りに恋心を訴えたものです。この歌を源氏は「高やかなる荻につけて」送ります。彼女の背が高いことにちなんで荻に喩えたのでした。

荻吹く風と恋人の訪れ

荻を吹く風の音は、恋人の訪れに重ねられて、しばしば和歌に詠まれます。まず、その一例です。

さらでだに　あやしきほどの　夕暮れに　荻吹く風の　音ぞ聞こゆる

（後拾遺・秋上・三一九・斎宮女御）

「荻吹く風」

これは、「後拾遺集」の一首ですが、村上天皇の妃だった斎宮女御が、天皇がひさしぶりにこっそり女御に会いに来た時、気づかない振りをしながら詠んだ歌です。筆者なりの解釈ですが、格別なことがなくても不思議なほど人恋しい秋の夕暮れに荻を吹く風が、待っていた人の訪れかと勘違いするように聞こえますと、わざと天皇の訪れに気づかなかったように詠んでいます。

このように、荻の風による音と恋人の訪れが重なる場合と、次の二首のように比較する物として出される場合とがあります。

秋風の　吹くにつけて　もとはぬかな
荻の葉ならば　音はしてまし

（後撰・恋四・八四六・中務）

これは、「後撰集」の恋部にある、中務という女性が最近訪れがなくなった恋人に送った歌です。「秋」には「飽き」が響いています。秋が来て、あなたは私に飽きたのでしょうか、風が吹いても来て下さらないですね。荻の葉ならば風で音を立てるでしょうに、あなたは音沙汰ないですね、という内容です。訪れない男を、秋風で音を立てる荻の葉を引き合いに出して恨んでいます。これは女の歌ですが、男が詠んだ場合もあります。

いつしかと　待ちしかひなく　秋風に　そよとばかりも　荻の音せぬ

（後拾遺・雑二・九四九・源道済）

これは、源道済という男性の歌で、女が会うのを秋まで待つように言ったので従ったのに、彼女がその約束を守らないので送った歌です。早く早くと待ったのに甲斐がなく、私に飽きたのか、秋風が吹いて荻がそよぐほどにも、あなたからは何の便りはなく、知らん顔なのですね、といった内容です。この歌では、約束を守らず音沙汰のない女を、秋風で

荻の穂

そよぐ音を立てる荻に比べて誹っています。男女とも相手の音沙汰ない薄情を責める時に、風で音を立てる荻と対比させています。

こうした荻の用法の応用のような例が、「更級日記」にあります。この作品は、菅原孝標女という女性の十三歳ごろから、五十代ごろまでの人生の折々を綴った作品です。その少女期のことですが、ある年の七月半ばに作者が姉と親しく語らっていた夜更け、隣家の外で、「荻の葉、荻の葉」という声が聞こえ、中から返答がないまま声の主が笛を吹いて去って行くことがありました。おそらく男が女を訪れ、その女の呼び名を「荻の葉」と繰り返しながら、女に受け入れられなかったのだと推測されます。少女だった作者は、こ

の様子について、

笛の音の　ただ秋風と　聞こゆるに　など荻の葉の　そよと答へぬ

と詠みます。男の笛は秋風が吹いてくる音と聞こえるのに、なぜ女は荻の葉が風にそよいで音を立てるように、はい、と返事をしなかったのでしょう、と男の誘いに反して、そっけない女の対応をいぶかしく思う気持ちを詠みます。一方、妹の歌を聞いた姉は、次のように詠みます。

荻の葉の　答ふるまでも　吹き寄らで　ただに過ぎぬる　笛の音ぞ憂き

女が心を折って答えるまで吹き続けもせず、さっさと過ぎてしまった笛の音（男）ががっかりです、といった内容です。訪れて女を呼ぶ男の積極性を素直に良しとする妹と、女の立場でなお熱心さを求め男の本気度を測る姉の、それぞれの歌い方に二人の人生経験の差があざやかに描かれています。

上で見たような荻についての具体的な人の訪れと関わらせた詠み方は、平安時代後半に入った「後拾遺集」ごろがピークのようです。その後については、例として「新古今集」の一首を挙げます。

荻の葉に　吹けば嵐の　秋なるを　待ちける夜半の　さを鹿の声

（新古今・秋上・三五六・藤原良経）

荻の葉に吹くと嵐になる秋なのに、それを待っていたように鳴く夜更けの鹿の声だよ、という内容で、こうした秋の寂しさを歌うしみじみとした哀感を主とした歌が主流になります。

平安時代の中頃までの、高く伸びた荻から人の姿を幻想する見方と、その後の秋の寂しげな風情を誘うものとしての見方と、どちらにも現代人にはない荻への関心が見えるように思います。

萩―秋の野の代表―

現代人にとっては地味な萩ですが、秋の七草のひとつで、「万葉集」で一四〇首余りの和歌で詠まれていて、集中最多の植物です。つまり、萩は日本の秋を代表する植物でした。

「枕草子」の萩

萩は全国的に山野の至るところに生えて、秋に蝶形の花が房状に咲きます。色は赤紫が多く、白もあります。低木で二メートルまでなりますが、葉は一～四センチほどです。可憐な萩の花と同時に紅葉する葉が和歌に詠まれますが、まず、「枕草子」のみごとな萩の描写を紹介します。

萩、いと色深う、枝たをやかに咲きたるが、朝露に濡れてなよなよと広ごり伏したる、さ牡鹿の分きて立ち馴らすらんも、心ことなり（萩は、たいへん色が濃く、枝もしなやかに咲いているのが、朝露に濡れて、なよなよとひろがって伏しているのがいい。牡鹿が、とり

萩の花

わけ好んでいつも立ち寄るのも格別なことです。）〈草の花は〉

九月ばかり、夜一夜降りあかしつる雨の、今朝はやみて、……すこし日たけぬれば、萩などのいと重げなるに、露の落つるに枝のうち動きて、人も手触れぬに、ふと上様へ上がりたるも、いみじうをかし。（九月のころ、一晩中降って夜明けを迎えた雨が、今朝はやんで、……少し日が高くさしのぼってしまうと、萩などが、ひどく重たそうなのに、置いた露が落ちると、枝が動いて、人も手を触れないのに、さっと上の方へはねあがったのも、とてもおもしろい。）〈九月ばかり〉

ここでは、萩の花の美しい色合い、枝のし

なやかさ、そこに朝露が置きゆったり広がっていて、その萩に親しむ鹿が添えられていま す。あるいは、早朝から時刻が進んで、昨夜来の露で撓っていた枝が、露を落として跳ね 上がる動きまで、すべて目に浮かぶようで、清少納言の捉えた萩の美しさが率直に示されているようです。

和歌に詠まれる様々な萩

「万葉集」には山上憶良による、

萩の花　尾花葛花　撫子の花　女郎花　又藤袴　朝顔の花

（万葉・巻八・一五三八・山上憶良）

という秋の七草を詠んだ歌が見え、萩は当時の評価を反映してか筆頭に挙げられています。「万葉集」では様々な和歌に萩が詠まれていますが、平安時代でもそれらの詠み方が受け継がれつつ洗練されていきます。以下では、「古今集」を主にしつつ八代集の中から、萩の和歌の様々な詠み方を紹介します。

まず花の開花ですが、

秋萩の　花咲きにけり　高砂の　尾上の鹿は　今や鳴くらむ

（古今・秋上・二一八・藤原敏行）

「古今集」の歌で、萩の開花を確認しています。そして同じ頃に鳴く鹿を思いやっています。萩に添えて、野を行く鹿も多く詠まれます。

秋萩を　しがらみ伏せて　鳴く鹿の　目には見えずて　音のさやけさ

（古今・秋上・二一七・読人しらず）

萩の野に枝を絡ませ倒しながら鳴く鹿の、姿は見えずに明澄な声が詠まれます。萩と鹿の親しさから、萩を鹿の妻かとする歌もあります。次の「後拾遺集」にある

秋萩の　咲くにしもなど　鹿の鳴く　うつろふ花は　おのが妻かも

（後拾遺・秋上・二八四・大中臣能宣）

では、萩の花が咲いているのになぜ鹿が鳴くのか、萎れて色が変わる花は、心変わりした

「枝もたわわに　置ける白露」

自分（おの）の妻だからかと詠んでいます。

萩は花とともに葉も詠まれます。

夜を寒み　衣かりがね　鳴くなへに　萩の下葉も　うつろひにけり　（古今・秋上・二一一・読人しらず）

秋の夜の冷気の中に飛来する雁の鳴き声と重ねて、色付いた萩の紅葉を詠んでいます。萩の紅葉は特に下葉から色付くとされます。次に挙げる「拾遺集」歌では、朝露が下葉を染めて萩が紅葉したと詠まれています。

このごろの　暁露に　わが宿の　萩の下葉は　色づきにけり　（拾遺・雑秋・一一二八・柿本人麻呂）

萩の花や葉に置いてきらめく露そのものの美しさも多く詠まれます。

折りてみば　落ちぞしぬべき　秋萩の　枝もたわわに　置ける白露（古今・秋上・二二三・読人しらず）

折ってみたら落ちて失われてしまう、萩の枝にびっしり付いた輝く露のはかない美しさを詠んでいます。しかし、そのはかなさを望むような歌もあります。

宮城野の　もとあらの小萩　露を重み　風を待つごと　君をこそ待て

（古今・恋四・六九四・読人しらず）

宮城野のもとあら（元の葉がまばらの意か）の萩を擬人化して、萩の枝は露の重さに堪えかねて、露を落とす風を待っているように、恋人を待つと詠んだ恋の歌です。

露の重さで垂れ下る萩

ここで宮城野とあるのが萩の名所です。鴨長明の著書「無名抄」には、橘為仲という歌人が陸奥国での役人としての職を終えた時に、宮城野の萩を掘って長櫃《ながびつ》十二個に入れて京の都に持ち帰ったが、それが噂になって、為仲が通る二条大路に見物の人が大勢集まったという話もあります。

露が萩の花の赤紫色に衣を染めるとも詠まれます。平安時代の歌謡催馬楽《さいばら》の「更衣《ころもがへ》」にも、「我が衣《きぬ》は　野原篠原　萩の花摺りや……」とありますが、「後拾遺集」にある次の歌でも、

今朝来つる　野原の露に　われ濡れぬ　移りやしぬる　萩が花ずり

（後拾遺・秋上・三〇四・藤原範永）

とあり、今朝やって来た野原の露に我が衣が濡れて、野を進むにつれ萩の花に摺れて染まるのではないかと詠まれています。

以上が萩の和歌での詠まれ方のあらましです。先に掲げた「枕草子」の萩の景の描写も、清少納言がこうした和歌での詠み方の歴史を学んだ上で、庭や野の萩を見つめたことから生まれたのでしょう。

萩の秀歌

筆者の好みで、三首の萩の和歌を挙げます。
まず、同じ秋で字も似ている荻と萩を一首に詠んだ和歌を紹介します。

秋はなほ　夕まぐれこそ　ただならね　荻の上風　萩の下露（和漢朗詠集・秋興・二二九・藤原義孝）

「和漢朗詠集」にある歌で、藤原義孝という人物が作者です。享年二十一歳の夭折の歌人で、朝に兄が死んだ同じ日の夕べに亡くなりました。情景は背の高い荻の先を秋風が渡って音を立て、地上近くでは萩の花や葉に露が置き風で揺れている様です。作者の短い人生のためか、前半部分からは尋常でない深く身に浸む寂しさが感じられているように想像されます。

次は「千載集」にある源俊頼の和歌です。

明日も来む　野路の玉川　萩越えて　色なる波に　月宿りけり　（千載・秋上・二八一・源俊頼）

「諸国六玉川　近江野路」（「武者无類外ニ三枚続キ画帖」　国立国会図書館）

「野路の玉川」とは、全国で有名な六つの玉川のひとつで、琵琶湖の東岸に流れています。川の辺から伸びた萩が水の流れの上にまで枝を差し出して花を付けていて、それを夜になって月が照らしています。空からの光で水面が萩の色に染まり月も映っている情景をこのように表現しました。その美しさのあまり、明日も見に来ようと詠んだのです。

最後は時代がかなり下った一三五〇年頃に編纂された十七番目の勅撰和歌集である「風

雅集」にある永福門院という女性歌人の和歌です。

ま萩散る　庭の秋風　身にしみて　夕日のかげぞ　壁に消えゆく

（風雅・秋上・四七八・永福門院）

美しい萩の花を散らす秋風が庭に吹き込み、それが身にしみて感じられる秋の夕方ですが、日が沈むに従って光（かげ）が弱まり壁の中に消えて行くようだという内容です。秋の夕風で庭に散ってゆく萩の花びらと、時刻とともに壁に吸い込まれてゆく夕べの日差しが、格別に静かな時の推移を感じさせる秀歌です。

萩の花の飾らない可憐さが第一に魅力があって、そこに置く露や鹿、その他の状況でいっそう美しさが感じ取られるのだろうと思います。

月―八月十五夜―

秋らしさが、やっと目にも肌にも感じられる頃、人々の感性も豊かに開き、目を空の月に向けます。月に日本人は他に類例を聞かないほど愛着があり、月は多岐に亘る意味が託されて様々な文学に表現されています。その中で、八月十五夜に限定して紹介します。

八月十五夜の初まり

旧暦では、七月・八月・九月が秋。それぞれを孟秋・仲秋・季秋と言い、そこから八月十五夜の満月は、仲秋の名月とも言われます。しかし、別に八月十五日を中秋とも言うので、現在は中秋の名月が一般的のようです。古来人々は、この夜に月を愛でて供え物をし、宴を催してきましたが、その淵源は七夕と同じく中国で、唐の後半ごろから詩に詠まれています。中でも有名なものは、十一世紀初めに編まれた「和漢朗詠集」でも十五夜の題に収められている、白居易（七七二～八四六）の次の詩です。

月と薄

三五夜中の新月の色　二千里外故人の心

「三五夜」は十五日の夜、「新月」は出たばかりの満月、「故人」は白居易の旧友である元稹です。長安の都にいる白居易が、八月十五夜に満月を見て、同じ月を見ているに違いない、左遷されて遠方にいる親友の元稹を思って詠んだ詩の一節です。満月については、すでに六世紀前半に編まれた韻文集の「文選《もんぜん》」にある古詩にも「三五明月満」とありますが、その前句が「孟冬寒気至」とあり、八月十五夜の月を詠むということは新しいことだったようです。この白居易の詩の一節は、「和漢朗詠集」に先立って十世紀半ばに編まれた漢詩集の「千載佳句」や「源氏物語」、中世では「徒然草」や多くの謡曲にも入れられ、高名な詩句でした。日本人で八月十五夜を漢詩に詠んだのは、島田忠臣（八二八〜八九二）、菅原道真（八四五〜九〇三）などが初めのようですが、その頃からか、年中行事の一つとして月次《つきなみ》屏風の題材にもなってゆきます。

十世紀初めには月の宴が行われていたらしいのですが、康保三年（九六六）八月十五日の夜、宮中の清涼殿で催された月の宴の記事が、「栄花物語」の「月の宴」の巻にあります。記述は、「清涼殿の御前に、みな方《かた》分かちて、前栽植えさせ給ふ」と、貴族を左右に分けて前栽についての和歌を競う前栽合《せんざいあはせ》だけですが、この時点ですでに十五夜の月見が定着しているとわかります。

平安物語の八月十五夜

文学で、まず注目されるのは「竹取物語」です。物語の最終段階で、かぐや姫が月からの迎えによって地上を離れて帰還する場面です。その月の明るさは現実離れした迫力です。

かかるほどに宵うち過ぎて、子《ね》の時（十二時ごろ）ばかりに、家のあたり昼の明さにも過ぎて光りたり。望月の明さを十合はせたるばかりにて、ある人の毛の穴さへ見ゆるほどなり。

と、物語のクライマックスが始まるのに相応しい描写ですが、八月十五夜の月が格別な空間を作るという認識があって、この物語の結末に位置づけられたのでしょう。そして、この「竹取物語」の八月十五夜は、大切な人との別れの時だとして、「大和物語」の一話でも引用されています。八月十五夜の月光の輝きは超現実的な荘厳世界を現出しますが、その一方に現実的なはかない人間世界が併存しています。この両面性は以後の物語にも受け継がれて拡大深化されることになります。詳しくは省略しますが、後者で言えば、月を見ることが不吉とされるようにもなります。

さて、次は「宇津保物語」という、あまり馴染みのない作品です。この作品は全二十巻の長編で、（1）物語の始発と終焉での、主人公一家による神秘的な奇跡を呼ぶ琴の演奏伝授の話と、中間部分の（2）主要登場女性〝あて宮〟への求婚の話、（3）東宮決定への政争の話から成ります。その（1）と（2）の最終場面に八月十五夜が描かれます。まず（2）は、「沖つ白波」の巻で、求婚に敗れた男主人公の仲忠と、ライバルの源涼の二人が、左大将源正頼に婿取られ、その三日後に帝の許で披露の宴が行われます。

今宵のほそを風は、高くいかめしき響き、静かに澄める音出できて、あはれに聞こえ、細き声、清涼殿の清く涼しき十五夜の月の隈なく明きに、小夜ふけ方に面白く静かに仕うまつる。（仲忠の奏する今夜のほそを風〈琴の名〉は高く厳かに響き、静かに澄んだ音色もまざって、しみじみと人の心を打ち、細い声も清涼殿の上に出ている清らかで涼しげな十五夜の月の隅々まで照らし出す明るさの中に澄み通り、小夜更け方に趣き深くしんみりとお弾きになっている。）

その宴は、八月十五夜の月明かりの下の二人の奏でる琴の音とともに描かれています。（1）は、物語の最終巻「楼の上（下）」で、主人公仲忠が我が子〝いぬ宮〟への琴伝授を、京極に築いた高楼で二人の院や貴顕達の集まる中で披露します。

十五夜の月の明らかに隈なく、静かに澄みて面白し。……次にほそをを、胡茄《こか》の調べにて一つ弾き給ふに、色々に霰しばしば降り、雲たちまちに出で来、星騒ぎ、空の気色、恐ろしげにはあらで、珍らかなる雲立ち渡る。（十五夜の月は煌々と影一つなく照り、静かに澄みきって美しい。……次にほそを風を胡茄の調べで一曲お弾きになると、色とりどりに霰が降りしきり、雲がたちまちのうちに湧いて、星が瞬き、空の様子は不安を誘うようではないが、めずらしい雲が垂れ込める。）

曇りない十五夜の月光に照らされた琴の演奏に従って、天空では様々な奇跡が繰り広げられる情景が描かれます。この作品でも、物語展開上重要な場面を八月十五夜に設定して

家々を照らす月（©Alamy Stock Photo/amanaimages）

いました。

物語の代表である「源氏物語」では、八月十五夜が四箇所に見えます。最初は、「夕顔」の巻です。まだ十代で多感な主人公光源氏が京の五条の辺りで知った夕顔への恋に陥り、彼女を連れ出す場面です。

八月十五夜、隈なき月影、隙多かる板屋残りなく漏り来て、……（今宵は八月十五夜、残るくまなく照り渡った月光は、隙間の多い板屋の家のあらゆるところに漏れきて……）

満月に照らされた鄙びた夕顔の住まいに不満の源氏は、彼女を「なにがしの院」と呼ばれる廃院に連れ出しますが、そこで夕顔は夜更けに正体不明の霊によって一命を落とすことになります。

二番目は、「須磨」の巻です。

月のいと華やかに射し出でたるに、今夜は十五夜なりけりとおぼし出でて、殿上の御遊び恋しく……（月がじつに光り美しくさし出てきたので、「そうだ、今宵は十五夜だったのだ」とお思いだしになって、殿上の管弦の御遊びが恋しく……）

心ならずも都を退いた光源氏が、満月を見て、都の華やかさを懐かしみ、白居易の「二千里外故人心」の詩を口ずさみ、継母で恋する藤壺や兄朱雀帝を思い出します。

三番目は、「明石」の巻で、源氏が須磨・明石の不遇の後に、都へ召喚されて初めての参内場面で、兄帝と対面するところです。

御物語しめやかにありて、夜になりぬ。十五夜の月おもしろう静かなるに、昔のことかきつくし思し出でられて、しほたれさせ給ふ。（お話をしみじみとあそばされて、そのうちに夜になった。十五夜の月が美しく、あたりが静かなので、昔のことをしぜんに次から次へとお思い出しになられて、涙に濡れていらっしゃる。）

「しほたれさせ給ふ」とは、源氏の不遇に非力だった兄帝の慚愧の思いを表していますが、それは同時に、この場面から後の源氏の復活と栄えを約束する暗示にもなっています。

ちなみに、この約一年前の八月ですが、「十三日の月の華やかにさし出でたる」夜に、源氏が明石君を初めて訪れています。明石君は源氏の姫君を産み、源氏の今後の栄華をもたらすことになる女性です。

四番目の八月十五夜は、「鈴虫」の巻です。源氏の最後の妻になった女三宮は、不義の子薫を産んだ後に尼となって仏道三昧に暮らしていて、そこに源氏が渡って来ます。

十五夜の夕暮れに、仏の御前に宮おはしまして、端近うながめ給ひつつ、念誦《ねんず》し給ふ。……いとあはれなるに、例の渡り給ひて……（十五夜の夕暮れに、女三宮は御仏の前にお座りになって、端近く、もの思いに沈みがちに念仏読経している。……しみじみと哀感をおぼえるが、ちょうどそのような時、いつものように院（源氏）がお越しになり……）

庭に放した鈴虫の声などが聞こえる中で、源氏が琴を弾いていると、「月さし出でていと華やかなるほどもあはれなる」に、兵部卿宮などが集まり「鈴虫の宴」となり、その月が「ややさし上がり、ふけぬる空面白き」頃に、源氏は冷泉院を訪れます。退位して自由の身の冷泉院は、源氏と藤壺との秘められた実子で、ここまで親しく会えなかったのです。

以上四例を示しましたが、別に月の登場しない八月十五日が、もう一例あります。「御法《みのり》」の巻に描かれた、源氏の最愛の妻紫の上死去の場面です。葬儀を終えるまでが、

十四日に亡せ給ひて、十五日の暁なりけり。

とあり、月に触れない理由が、この引用直前に源氏の最初の正妻で、やはり八月に没した葵の上の死去と比較して、

かれはものの覚えけるにや、月の顔の明らかにおぼえしを、今宵はただくれまどひたまへり（あのときは、まだしも物事のけじめをつけられたのか、月の面がはっきりとわかったが、今宵はただもう目の前が真っ暗で何事もわきまえがおつきにならない。）

とあります。つまり、葵の上の死の時には意識がしっかりしていて月がはっきり見られたのに、紫の上の死のためには格別に美しい月も目に入らないとして、源氏の悲しみの深さを強調しています。

物語文学での八月十五夜を中心に抜き出してみると、「竹取物語」以来、月が描かれない「源氏物語」の「御法」の場合を含めて、どの例も各物語の印象的な箇所で、その多くが登場人物の人生での大きな節目であり、同時に物語展開上での節目とも言える重要な場面だと気づかされます。このことは、当時の人々にとって、八月十五夜の月が人々の運命を見つめ、あるいは支配しているという感覚があったのかもしれないという思いまで誘われます。

八月十五夜の和歌

勅撰和歌集の八代集から、八月十五夜の月に関わる和歌を数首挙げます。

逢坂の　関の清水に　かげ見えて　今やひくらん　望月の駒　（拾遺・秋・一七〇・紀貫之）

この歌は、八月の年中行事である「駒迎へ」を詠んだ屏風歌です。当時信濃国（長野県）に「望月の牧」という、毎年八月に朝廷に馬を供出する御用牧場があって、その馬を「望月の駒」と詠んだのですが、その望月が八月十五夜の満月を連想させ、「かげ」が馬の毛色の鹿毛や影だけでなく、月の光をも思わせるのです。京の都への入口である逢坂の関で朝廷からの官人が駒を迎えるのですが、そこにある清水に満月の光が射して、鹿毛の馬の影が見えるが、今引いて行くのだろうか、望月の牧から連れてきた馬を、という内容です。満月の光・清水・駒の影が絵画的に立体的な広がりを感じさせる秀歌と言えるでしょう。

水の面に　照る月なみを　かぞふれば　今宵ぞ秋の　最中なりけり　（拾遺・秋・一七一・源順）

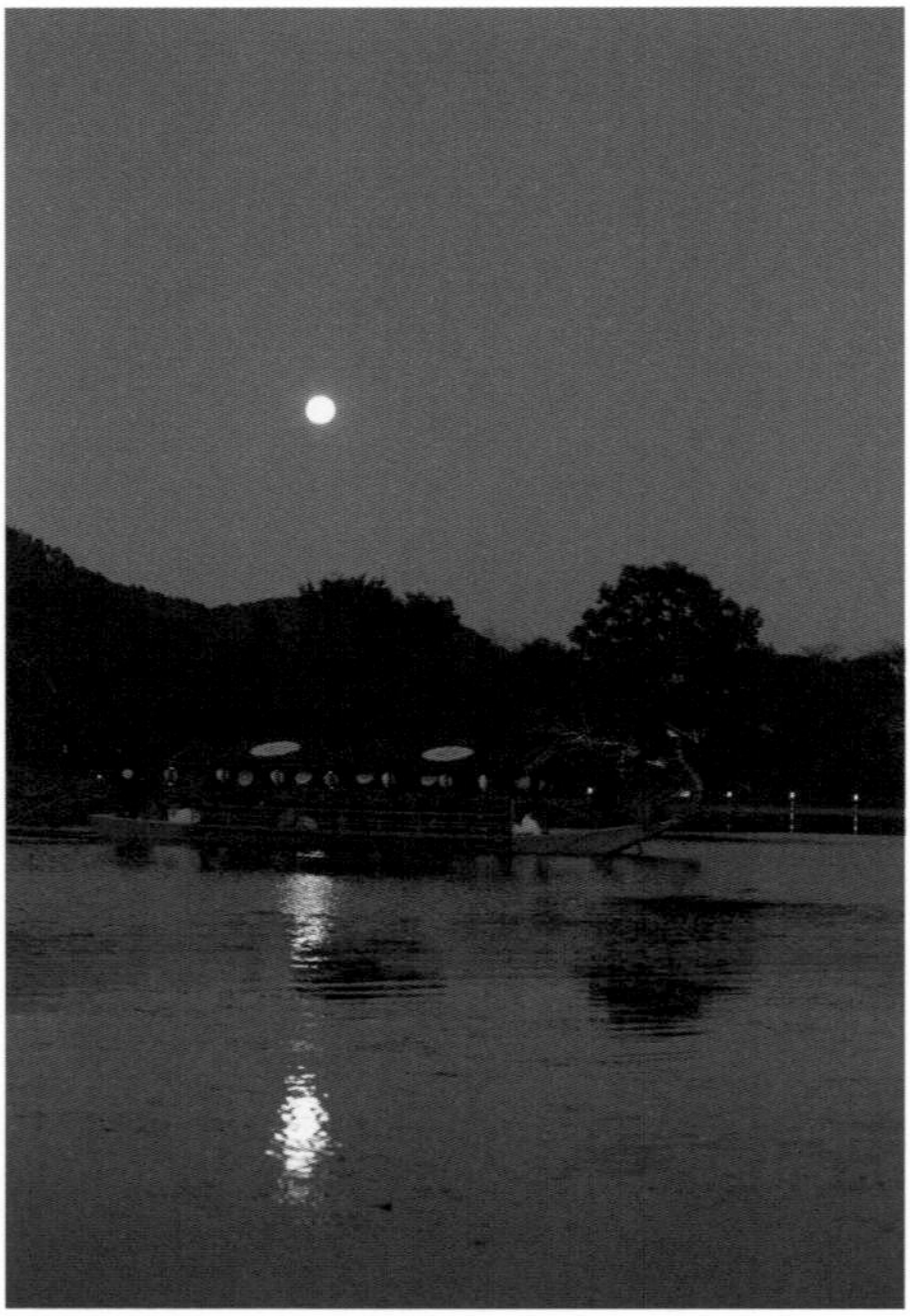
水辺の月（大覚寺 観月の宴）

この歌も詞書に、「屏風に八月十五夜池ある家にあそびしたる所」とある屏風歌です。また、「月なみ」は年月の月の並び方の意と、池の「波」の掛詞になっています。池の水面に映る満月の波について、過ぎて来た月々を数えると、八月十五日の今夜が秋の真ん中だと気づいた、という意味です。満月の光が中空から地上をひときわ明るく照らしつつ、その姿を池に映している八月十五夜の月のすばらしさこそ、秋の中心であり、頂点だと発見した

満月

という感動を詠んでいます。

澄みのぼる　心や空を　払ふらん　雲の塵ゐぬ　秋のよの月　（金葉・秋・一八八・源俊頼）

この歌は、澄んだ心が上空を払って、塵のような雲はなく、煌々と照らす秋の夜の月です、というもので、月と見る人の心がともに澄んでいることを強調しています。

紅葉—錦秋を彩なす—

秋は一年中でもっとも見るもの聞くもの、そして味わうものの豊かな季節。その中で、錦秋という言葉もありますが、紅葉の美しさは格別です。

黄葉から紅葉へ

まず、「古事記」（応神天皇）には、「春山之霞壮夫《はるやまのかすみをとこ》」と「秋山之下氷壮夫《あきやまのしたひをとこ》」の妻争いの話があります。「下氷」とは、赤く色付く意味で、紅葉が秋の代表です。「万葉集」でも巻一の冒頭近くに、天智天皇の下で、「春山万花の艶」と「秋山千葉の彩」を競わせる遊びがあった時の、額田王による判定を示す歌があります。そこでは春の花に対する秋について、

……秋山の　木の葉を見ては、　黄葉《もみち》をば　取りてそしのふ　…（略）…　秋山そ吾は

（万葉・巻一・一六・額田王）

紅葉の錦

とあります。「しのふ」は「愛でる」の意で、額田王は秋を推奨しています。まさに日本人が古くから秋の紅葉に心を引かれていたことがわかります。

ただし、古くは「もみじ」ではなく、「もみち」と静音で終わることが注意されます。また、表記が「黄葉」とあります。「万葉集」中で「紅葉」とするのは一例のみ、他に「赤葉」などもあり、また「毛（母）美知」もありますが、最も多いのは「黄葉」です。これは当時、萩など黄色のモミジが多かったせいと言われますが、漢詩世界での表記の影響とも言われます。つまり、中国では、有名な李白や杜甫の活躍した盛唐頃を境にして「黄葉」から「紅葉」に変化し、万葉世界はその変化する前の表記の「黄葉」を主とし、平安時代には、盛唐の次の中唐の頃に活躍した白居易等が用いた「紅葉」の影響を受けることになったと言われています。

多彩な紅葉の世界

まず、「万葉集」では、紅葉（黄葉）を詠む和歌は一〇〇首を越し、季節が重なる雁の飛来、露・時雨・霜などとともに詠まれ、色の変化や散ることを惜しむ歌もあります。初めに触れた額田王のように、春の花にも負けない明るい艶やかさや豪華さを紅葉から受け取って賛美する一方で、例えば、柿本人麻呂の亡き草壁皇子を追悼する長歌の反歌では、

真草刈る　荒野にはあれど　黄葉《もみちば》の　過ぎにし君が　形見とぞ来し

（万葉・巻一・四七・柿本人麻呂）

のように、黄葉が散ることを「過ぐ」と表して、人の死を示唆する詠み方まで様々です。

平安時代でも基本的には大きな変化はありません。例として、「百人一首」にも入れら

れた春道列樹の、川に浮かぶ紅葉の歌を一首挙げます。

山川に 風のかけたる しがらみは 流れもあへぬ 紅葉なりけり

（古今・秋下・三〇三・春道列樹）

山の境を流れる川に風が吹き込んで、周りの木々から散らされた紅葉が川面の一方に吹き寄せられて、流れを堰き止める柵《しがらみ》のように見えると詠んでいます。見立ての歌ですが、水に浮かぶ紅葉の色鮮やかさを印象づける一首です。

古代からの日本文化への中国の影響の大きさは計り知れないほどですが、季節のイメージにも反映していきます。秋については、漢詩世界では寂しさや悲しさを喚起する季節と捉えますが、この悲秋という観念も、平安時代に入って日本の詩歌に影響を与えることになります。例えば、やはり「百人一首」で猿丸大夫の作とある、

奥山に 紅葉踏み分け 鳴く鹿の 声聞く時ぞ 秋は悲しき

（古今・秋上・二一五・読人しらず）

「紅葉踏み分け 鳴く鹿」

では、奥山に美しい紅葉が散り敷いた中でも、雄鹿の牝鹿を求めて鳴く声に秋の悲しさを感じ取っています。

紅葉の錦

しかし、そうした中国からの影響下にある中で、紅葉の華麗な美そのものを愛でる万葉以来の美観を表したとも言えるのが、「紅葉の錦」という表現です。多くの作品で詠まれていますが、その代表として「拾遺集」にある藤原公任の歌を見てみます。

朝まだき 嵐の山の 寒ければ 紅葉の錦
着ぬ人ぞなき　（拾遺・秋・二一〇・藤原公任）

この歌は、歴史物語の「大鏡」にも、当代随一の歌人とされた公任の得意を語る説話の中で、初・二句が「小倉山嵐の風の」とあって見えています。それによれば、当時の権力者だった藤原道長が京都の大堰川（桂川）で船遊びをした時に、漢詩・管弦・和歌の三船を用意して公任に選ばせたところ、彼は和歌の船を選んで、この歌を詠み、讃えられたというもので、公任の多才さを語る話とされます。歌は、京都の西の郊外の大堰川（桂川）で、晩秋の早朝に船の上から見ると、川の辺の嵐山から強く吹き下ろす風のために散った紅葉が人々に降りそそぎ、寒さを防ぐ錦の衣を着ていると見えるよ、という内容です。公任自身は四句を「散るもみぢ葉を」と、少し抑え目な表現にしたかったという説が、歌学書の「袋草紙」等には伝わっていますが、「拾遺集」では、より華麗な描写となる「紅葉の錦」になっています。ここで紅葉の色の艶やかさと微妙な変化を強調するために比喩に出された錦は、もともと中国の詩文では春の花についての比喩として用いられるもので、錦を紅葉の比喩に用いることの淵源は日本最古の漢詩集とされる「懐風藻」あたりに求められるようですが、和歌では特に好まれ、平安時代から鎌倉時代初めまでの勅撰和歌集である八代集で、三七首の例があります。「百人一首」にも二首があります。

このたびは　幣《ぬさ》も取りあへず　手向山　もみぢの錦　神のまにまに
（古今・羇旅・四二〇・菅原道真）

嵐ふく　みむろの山の　もみぢ葉は　竜田の川の　錦なりけり
（後拾遺・秋下・三六六・能因）

一首目は、公任より古い菅原道真の歌です。道真が仕えていた宇多天皇の吉野宮滝御幸に従った折、道真の故郷である奈良の手向山の神に、今回は旅の中だから幣の代わりとして紅葉を捧げます、神よ、お心のままにお受け下さいと歌ったものです。

二首目は、能因法師の作です。奈良の三室山の紅葉が嵐によって吹き散らされ竜田川に落ちて、川を錦の織物に染めると詠んでいます。もう一首在原業平の

ちはやぶる　神代も聞かず　竜田川　からくれなゐに　水くくるとは
（古今・秋下・二九四・在原業平）

も、竜田川に散った紅葉は、川の水が唐紅のあでやかな色に括り染めにされたと見た内容ですから、織物の錦の喩えに変わらないと言えます。

「からくれなゐに 水くくる」

紅葉の表現は、まさに多彩ですが、紅葉を錦に喩えることは、日本人にとっての紅葉の美しさを讃える最高の表現として親しまれたのだと知られます。ちなみに、竜田川は紅葉の名所（歌枕）で、京都の小倉山も同じです。「竜田揚げ」も「小倉アイス」も紅葉にちなんだ命名です。

霧—紅葉を隠す—

秋の空を薄く、あるいは濃く覆い包む霧。霧は昭和歌謡に、「霧の摩周湖」、「夜霧よ今夜もありがとう」、「霧にむせぶ夜」など好まれています。時代を越えて人々を惹きつけるものは何か探りたいと思います。

万葉集の霧

「万葉集」の霧は、「春の野に霧立ちわたり……」（巻五・八三九）とあったり、「朝霧の八重山越えて時鳥……」（巻十・一九四五）などと夏鳥の時鳥とともに詠まれることもあり、季節に限定されず数多くの和歌で様々に詠まれています。その中には、

天の川　霧立ちわたる　今日今日と　我が待つ君し　船出すらしも

（万葉・巻九・一七六五・作者不明）

のように七夕歌も目立ちます。この歌は、七月七日に天の川が一面霧で覆われた中を、彦星が船出して渡って来るらしいと、織り姫の気持ちで詠んでいます。別に、「万葉集」独特かと思われる歌もあります。

我がゆゑに　妹《いも》嘆くらし　風早の　浦の沖へに　霧たなびけり（万葉・巻十五・三六一五・作者不明）

これは、巻十五の前半に位置する、天平八年（七三六）新羅に遣わされた人たちが妻と交わした歌群の中の一首で、風速の浦（広島県豊田郡安芸津町西部辺）に船が停泊した時の歌とされます。遠く新羅に遣わされる私のために妻が悲しんでいるようだ、風早の浦の沖の辺りに霧がたなびいているよ、と詠んでいますが、続けて詠んだ一首では、「我妹子《わぎもこ》が嘆きの霧」とも詠まれています。ここで霧は、別れた妻の悲しみの息吹だとされます。人と自然の一体的なところが「万葉集」らしく感ぜられます。

平安和歌の霧

平安時代になると、まず霧が秋のものと限定されるようになります。「古今集」の次の歌が典型です。

春霞　かすみていにし　雁がねは　今ぞ鳴くなる　秋霧の上に（古今・秋上・二一〇・読人しらず）

和歌は、渡り鳥の冬鳥である雁が、春には霞に包まれて北方に移り、秋には北方から日本に戻って霧のかかる中で鳴いていることを詠んでいます。この歌では、春は霞、秋は霧ということがはっきりと区別されています。この霞と霧の実体は、霞が遠くをぼやけさせる程度で棚引くとされ、霧は間近で濃く立ちこめるという差があるとも言われます。この和歌の下の句では、まさに霧は視界を狭めて見るものを隠し、そのため聴覚が注目されることが知られます。実際、霧を詠む歌の多くは、人や鳥など動物の声の他に、船の棹を漕ぐ音や鐘・駒の足音なども詠まれます。

秋を代表する鮮やかに色付いた紅葉も、

誰がための　錦なればか　秋霧の　佐保の山辺を　立ち隠すらむ（古今・秋下・二六五・紀友則）

紅葉と霧

と、山に立った霧の中で隠されて、誰のための紅葉の錦なのかと問われますが、

千鳥鳴く　佐保の河霧　立ちぬらし　山の木の葉も　色まさりゆく
（古今・賀・三六一・読人しらず）

のようにも詠まれます。河霧が一帯を覆い、その中で千鳥が鳴いていて、霧は木の葉の色を染めるとも考えられています。

霧がかかった状態が心の様子の比喩として詠まれることもあります。「古今集」の恋歌ですが、

秋霧の　晴るる時なき　心には　立ち居の空も　思ほえなくに（古今・恋二・五八〇・凡河内躬恒）

秋霧が晴れないように、晴れる時がない恋する私の心には、立ったり座ったりまでも、上の空で考えられないことだ、との意です。これに近いものとして、「新古今集」にある、

嘆くらむ　心を空に　見てしかな　立つ朝霧に　身をや成さまし
（新古今・恋五・一四一二・斎宮女御）

は、妻の愛情が薄いと嘆いた夫の心が空にあると見て、妻が霧になって慰めたいという内容ですが、霧に夫への愛情を込めるということで、この歌も霧が人の心を表しています。霧は、雁・千鳥・紅葉だけでなく、鹿・女郎花、また山や月まで、様々なものを覆い隠すと詠まれています。そこに単に霧に隠されて見えないという情景描写にとどまらないものもあります。「後拾遺集」の歌ですが、

小倉山　立ちども見えぬ　夕霧に　つま惑はせる　鹿ぞ鳴くなる（後拾遺・秋上・二九二・江侍従）

小倉山では、立っている所も見えない夕霧のために、妻を見失った牡鹿が鳴いていると詠

「夕霧に　つま惑はせる　鹿」

まれています。霧が雌雄一対の鹿を隔てるものとなり、悲しみを誘うものとなっています。

以上、平安時代中心で、霧を詠む歌の様々な面を紹介しました。

霧が主役の和歌

さて、これまで見てきた和歌は、情景の中に霧があることによって、そこにある何かしらに影響があり、その影響を受けている点が中心になって詠まれていました。ここではそうではなく、霧そのものが和歌の中心になっていると思われる作品について見て行きたいと思います。それらを一言で言えば、霧が縹渺感を演出して、情景に奥行きある美しさを感じさせると言えるように思います。それは次のような歌々です。

ほのぼのと　明石の浦の　朝霧に　島がくれ行く　舟をしぞ思ふ（古今・羇旅・四〇九・読人しらず）
あさぼらけ　宇治の河霧　絶え絶えに　現はれ渡る　瀬々の網代木（千載・冬・四二〇・藤原定頼）
薄霧の籬《まがき》の花の　朝じめり　秋は夕べと　誰か言ひけむ（新古今・秋上・三四〇・藤原清輔）
村雨の　露もまだ干ぬ　槙の葉に　霧立ちのぼる　秋の夕暮（新古今・秋下・四九一・寂連法師）

一首目は、「古今集」にありますが、一説として「万葉集」を代表する柿本人麿作ともされています。季節は不明瞭ですが、夜が終えて徐々に明るんでいく朝の明石の浦に朝霧が立ち込めていて、その霧の中を一艘の船が島々を縫うように遠ざかっていくという情景を詠んでいます。船に注目が集まるのは当然ですが、霧の中で見え隠れしつつ遠ざかり次第に小さくなる、その船を包む霧の薄いベールの広がりこそが穏やかな瀬戸内の朝を味わい深くしているのだと思います。

二首目は「千載集」にあるもので、初冬ごろ、早朝の宇治川に霧のかかって何も見えなかったのが、周囲が明るむに従って霧が薄らぎ、川の瀬ごとに施した網代木が、霧の中から少しずつ見えるようになる情景が詠まれています。

三首目は、四首目とともに「新古今集」にありますが、一首の後半で「枕草子」以来の

木々にかかる霧

秋は夕べこそ素晴らしいとする美観に異を唱えていて、前半が作者の推奨する情景です。それは、薄い朝の霧の中で、竹や細い木を編んだ垣（籬）に絡んで咲いた花がしっとり露を帯びて濡れている秋の朝だとの主張です。

四首目は、晩秋から初冬に短時間激しく降る雨（村雨）が上がって、まだ雨露が乾かない林の木々の葉を、いつの間にか霧が一面に囲むように立ち広がっている秋の夕暮れよ、というものです。

以上の四首には、船、網代木、花、槙の葉が視点の中心にありますが、それぞれを一首の世界として見た時、これら以上にその周りの霧こそが、それぞれの歌での情感を支配する主役と評すべきではないでしょうか。

中世に重んじられた優れた和歌への価値基準とも言える評語に〝幽玄〟という語があります。平易に説明すれば、かすかで奥深いとの意です。鴨長明の「無名抄」では、この幽玄について縷々説明していて、

霧の絶え間より秋の山をながむれば、見ゆるところはほのかなれど、奥床しく、いかばかり紅葉わたりて面白からむと、……

と記しています。また、もう少し後の時代の正徹という歌人は、「正徹物語」で、

幽玄といふ物は、心に有りて詞に言はれぬ物なり。月に薄雲の覆ひたるや、山の紅葉に秋の霧のかかれる風情を、幽玄の姿とするなり

と述べています。二人がともに霧のかかる情景を幽玄の例に挙げていることの含蓄は深く、上の四例もこの好例だろうと思います。

日々の日常でわざわざ霧を求めるということはないですが、ある朝、またはある夕暮れに、深い霧に包まれて、ちょっとした異空間に紛れ込んだような感覚を味わった経験はないでしょうか。そうした時には周囲が格別新鮮に感じられるように思います。

冬

時雨—袖の涙と音と—

秋の終わりから冬の初めにかけて、季節を知らせるものとして時雨があります。冷たい風が吹き、肌寒くなる日々に、寂しさや人恋しさを促すように降る時雨は、古典和歌での重要なモチーフです。

「万葉集」の時雨

「万葉集」では、時雨が三〇数首で詠まれています。そのうち三分の二は、紅葉（「万葉集」の表記は黄葉。音は「もみち」）を、濡らしたり、色づけたり、そして散らすと詠まれています。例えば、

長月の　時雨の雨に　濡れ通り　春日の山は　色付きにけり　（万葉・巻十・二一八〇・作者不明）
時雨の雨　間《ま》無くな降りそ　紅に　にほへる山の　散らまく惜しも　（万葉・巻八・一五九四・作者不明）

つまり、秋の終わりの九月に降る時雨で、すっかり濡れて、春日山は紅葉に色付いたよというものと、時雨の雨よ、間断なく降り続けるな、紅に美しく色付いた山の紅葉が散ることが惜しいから、という二首です。「な〜そ」は禁止の意で、「にほへる」は、紅葉の美しく照り映える様子を意味します。

紅葉以外では、

時雨降る　暁月夜　ひも解かず　恋ふらむ君と　居らましものを

（万葉・巻十・二三〇六・作者不明）

などがあります。これは男の歌に答えた女の歌で、時雨が降る夜明け前、くつろいで衣の紐を解くこともせずに私を恋しく思っている貴方と一緒にいられたら良かったのにと思いますという恋歌です。

［降る］と［古る］

「古今集」から「新古今集」までの八代集で、時雨は一七〇首ほどの和歌に詠まれてい

紅葉に降る時雨

ます。その中でも時代が下る第七番目の『千載集』と八番目の『新古今集』での歌数を合わせると一〇〇首弱となり、中世に近づくに従って、時雨が和歌の題材として好まれるようになっていると知られます。

『万葉集』から続く時雨と紅葉が結び付く詠み方は受け継がれますが、なお時雨の降り方も、「かき曇り」降るとか、「降りみ降らずみ定めな」く降る、あるいは「山めぐりする」などと細やかになり多彩に表現されます。

以下では、『万葉集』にはなかった新たな詠み方に注目して、代表的ないくつかの詠み方を紹介します。まず「時雨が降る」の「降る」が、掛詞として表現されている場合です。例えば、『古今集』の小野小町の作ですが、

今はとて　わが身時雨に　ふりぬれば　言の葉さへに　移ろひにけり

（古今・恋五・七八二・小野小町）

は、今は二人の仲は終わりだと、我が身が時雨が降るように古びてしまったので、時雨で木の葉の色が変わるように、貴方の言葉までも以前と変わってしまいました、という内容です。ここで「降り」と「古り」の掛詞になっています。同じ技法のものを、なお二首挙げます。

時雨つつ　ふりにし宿の　言の葉は　かき集むれど　とまらざりけり

（拾遺・雑秋・一一四一・中務）

もろともに　山めぐりする　時雨かな　ふるに甲斐なき　身とは知らずや

（詞花・冬・一四七・藤原道雅）

一首目は「拾遺集」の歌で、中務という女流歌人が作者です。母親が「古今集」の頃に小野小町に次ぐ有名歌人の伊勢で、亡き母の歌集を当時の村上天皇に献上する時に添えた歌です。時雨が降り続き古びた家の和歌は、時雨で散った木の葉を掻き集めるように、書き集めましたが、たいしたものは残りませんでした、という謙遜の歌です。これに対して、天皇は返事で「昔より名高き宿」と伊勢を讃える歌を詠んでいます。

二首目は、「詞花集」にある歌で、作者が京都東山の寺巡りをした時に時雨に遭って詠んだ歌です。私と一緒に山巡りをする時雨だよ、私に降っても、私を人生の時を過ごすのに甲斐のない身だとは知らないのかという内容です。この歌は、「降る」に「経る」の掛詞とも言えます。作者は清少納言が仕えた中関白家の御曹司ですが、その家とは平安時代に最強の権力者になった藤原道長に、それまでの地位も力も奪われた家柄です。道雅には「荒三位」という呼称も伝わり、粗暴な行いが多かったと伝えられます。家の状況が彼の心を荒ませたのかもしれません。この歌の後半には、そうした雰囲気が反映しているようにも読めます。

袖と時雨

時雨が降ることと、衣の袖、または袂を共に詠む和歌も少なくありません。

神無月　時雨に濡るる　紅葉葉は　ただ侘び人の　袂なりけり　（古今・哀傷・八四〇・凡河内躬恒）

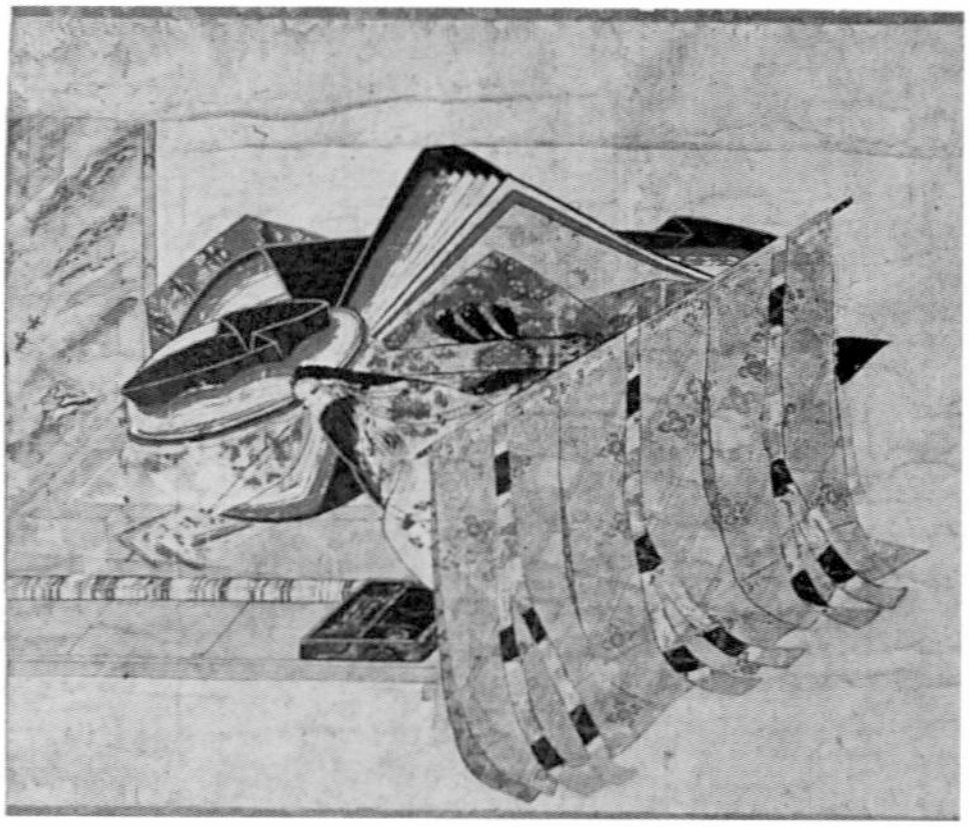

袖の時雨「秋も暮れ都も遠くなりしより袖の時雨ぞ暇なかりける」斎宮女御（「上畳本三十六歌仙絵」）

「古今集」の撰者の一人、凡河内躬恒《おおしこうちのみつね》が母の死に会った時に詠んだ歌です。冬の初めの十月に降る時雨で濡れる紅葉の葉は、ひたすら悲しんでいる人の袂と同じだという内容ですが、その袂は悲しみのあまりに流れた紅涙（血の涙）で染まっているため、紅葉と同じだと気づいたというのです。同様の例を二首挙げます。

木の葉散る　時雨や紛ふ　我が袖に　もろ
き涙の　色とみるまで
（新古今・冬・五六〇・藤原通具）

眺めつつ　いくたび袖に　曇るらむ　時雨に更くる　有明の月
（新古今・冬・五九五・藤原家隆）

「新古今集」の歌で、一首目は、木の葉が散っている時雨が紛れ込んでいるのだろうか、私の袖に心弱く落ちた悲しい恋による紅涙の色と見るまでに、という内容です。この歌は歌合で披露され、藤原定家によって、「袖に紛へる時雨、心ことに妖艶なり」と評されました。

二首目は、袖の涙に映る美しい月の像を眺めながら、何回時雨で曇るのだろうか、時雨が降るとともに更けてゆく有明の月は、という内容です。これらは時雨と、袖に落ちる涙を重ねた趣向による歌ですが、特に「新古今集」の歌は繊細さと巧みさが秀でていると感じられます。そして、これらでなお確認すべきことは、前提として時雨には涙を催す悲哀感が本来的に感じられているということです。

音と時雨

最後に時雨について、音に注目して詠んでいる和歌を紹介します。

木の葉散る　宿は聞き分く　ことぞなき　時雨する夜も　時雨せぬ夜も

（後拾遺・冬・三八二・源頼実）

この歌を収めた「後拾遺集」の頃は和歌を偏愛する風潮が中流貴族の中に生じ、その代表が和歌六人党と呼ばれる人々ですが、頼実はそのメンバーの一人です。歌学書の「袋草紙」や歴史物語の「今鏡」には、作者が住吉明神に命と引き替えに願って得たのが、この歌だと書かれています。この歌は、「落葉雨の如し」という唐の白居易の詩句を本に詠まれたもので、間近に落葉樹がある家では、木の葉の散る音が時雨が降る音と紛らわしく、暗い夜には時雨が降っている音か、木の葉が散っている音かわからないと詠んでいます。佗しい中で季節の音を楽しんでいる趣もあります。以下に同巧の和歌を二首挙げてみます。

音にさへ　袂を濡らす　時雨かな　真木の板屋の　夜半の寝覚めに

（千載・冬・四〇三・源定信）

真木の屋に　時雨の音の　変はるかな　紅葉や深く　散り積もるらむ

（新古今・冬・五八九・藤原実房）

両首には、「真木の（板）屋」とありますが、真木は杉や檜などの立派な木で、和歌では冬のわび住まいを表すことが多い言葉のようです。一首目は、真木の板屋で夜更けに目

散る紅葉に降る時雨（祇王寺）

覚めた時に、屋外からの時雨の音だけで、侘しさを感じて落ちた涙で袂を濡らすという内容です。この歌は歌合で詠まれ、源俊頼によって、「音を聞くに袂濡ると詠める、いとをかし」と、この歌を魅力ある物と評されています。

二首目は、真木の屋の外に積もった木の葉の深さの差で、落ちる時雨の音に変化があると気づいたことに注目した歌です。これらは、どれも深閑とした夜更け、室外の時雨に耳を澄まし、寂しさや侘しさを感じつつも情趣をじっくりと味わっていると感じられます。

和歌での時雨は平安時代も末になるに従って多く詠まれますが、この後の中世で主流になる〝わび〟〝さび〟の文化を代表する一つにもなり、なお変化発展してゆくもので、今回はその始発期を確認したことになります。

灰色の空と冷え冷えとした外気に身をすくめる冬の到来に、昔の人も侘しさや寂しさを感じていましたが、そのようなマイナスの感情をも含めて深く味わっています。

冬の夜(1)—澄んだ月の光と雪と—

本格的な冬になり、明るい昼でも閉じこもりがちな季節に、千年前の寒く暗い夜はどう思われ、どう過ごされていたのでしょう。春・夏・秋の夜には、それぞれの楽しみが想像できます。しかし、冬の夜を昔の人は、どのような思いで過ごしていたのか見てゆきます。

「万葉集」の冬の夜

「万葉集」で「冬の夜」という語を含む歌は一首だけです。天平元年（七二九）冬十二月の相聞の長歌で、笠金村という人物が班田についての出張作業の労苦から妻恋しさを詠んだ歌です。

……大君の　御命《みこと》かしこみ……冬の夜の　明かしも得ぬを　眠《い》も寝ずに　我《あれ》はそ恋ふる　妹《いも》がただかに

（万葉・巻九・一七八七・笠金村）

天皇の仰せを恐れ多いこととして従い、寒い冬の夜を明かしかねて眠りもせず、自分は妻を恋しく思い続けていると詠んでいます。

有名な山上憶良の「貧窮問答歌」の初めも冬の夜の描写です。

風まじり　雨の降る夜の　雨まじり　雪の降る夜は　すべもなく　寒くしあれば　堅塩《かたしほ》を　取りつづしろひ　糟湯酒　うちすすろひて　……

（万葉・巻五・八九二・山上憶良）

風雨に雪まで重なった夜が、なすすべもなく寒くて、固くなった塩を摘まみ続け、湯で溶いた酒粕をすするという、冬の夜の厳しく辛い寒さに耐える人の描写から始まっています。

こうしたリアルな庶民感覚の表現とは別に、山部赤人の叙景歌として有名な、夜更けの河原で鳴く千鳥を詠んだ歌もあります。

ぬばたまの　夜の更けゆけば　久木生ふる　清き河原に　千鳥しば鳴く

（万葉・巻六・九二五・山部赤人）

冬の月と氷

この歌の季節は不明ですが、「新古今集」に冬の歌として入れられています。

紀貫之、鮮やかに冬の夜を詠む

夜の宴や景については、漢詩の世界では中国の六朝詩以来珍しいことではなく、日本で最も古く奈良時代に編まれた漢詩集の「懐風藻」にも登場します。冬の夜については、平安時代に入って三番目の勅撰漢詩集の「経国集」に至って詠まれていて、詩人としては白楽天の詩に学んだ菅原道真が特に注目され、「冬夜」を題にした詩も詠んでいます。

一方、和歌の世界では、ほぼ近い時期に「寛平御時后宮歌合」や、漢詩も堪能だった大江千里の私家集で冬の夜を詠んだ和歌が、わずかですが見られるようになります。
これらから程なく成立した「古今集」の冬部で、一首のみですが、

大空の　月の光し　清ければ　影見し水ぞ　まづこほりける

（古今・冬・三一六・読人しらず）

があります。月の冴えた冷たさが、光を受けた水を凍らせたというもので、冬の夜が詠まれていますす。ほかに編者の一人の紀貫之が「古今集」編纂中に詠んだと思われる長歌の一節に、冬の夜があります。

……神無月　しぐれしぐれて　冬の夜の　庭もはだれに　降る雪の　なほ消えかへり　年ごとに　時につけつつ　あはれてふ　ことを言ひつつ……

（古今・雑躰・一〇〇二・紀貫之）

しかし、これは四季を詠む歌の紹介の一部として採り上げられたに過ぎません。むしろ、貫之が晩年に詠んだ次の歌が、冬の夜を詠んだ歌として特に注目されています。

思ひかね　妹がり行けば　冬の夜の　河風寒み　千鳥鳴くなり
（拾遺・冬・二二四・紀貫之）

恋する女を離れて思うことに耐えられなくて、女の家を目指して行くと、冬の夜に河を吹き渡る風が冷たく、寂しさをそそるように千鳥が鳴いているよ、という内容です。鴨長明の「無名抄」では、「この歌ばかり面影ある類ひはなし」と、思い浮かべられる情景の鮮やかさが指摘され、近代短歌革新の立場で「古今集」を厳しく批判した正岡子規も、「閉口致し候。この歌ばかりは趣味ある面白き歌に候」と価値を認めました。その後は、萩原朔太郎も、「恋愛名歌集」で、「貫之は流石《さすが》に一代の見識家で、……この歌は彼の傑作と呼

千鳥

ばれ、…」と紹介しています。

この歌は「古今集」からほぼ一〇〇年後の「拾遺集」に入っていますが、その同じころ、別に注目されるのは「源氏物語」ですが、これは「冬の夜(2)」で詳しく紹介したいと思います。

「新古今集」までの和歌に詠まれる冬の夜

平安時代から「新古今集」までの冬の夜を詠んだ和歌から、三首を紹介します。

月清み　瀬々の網代《あじろ》に　寄る氷魚《ひお》は　玉藻に冴ゆる　氷なりけり　（金葉・冬・二六八・源経信）

これは、「月網代を照らす」という題で詠まれた歌です。網代とは、冬、川の瀬に竹や木を編んで連ね、端に簀（す）をつけて魚を捕獲する仕掛けのことです。氷魚とは鮎の稚魚で、泳ぐ姿は銀色に見えます。澄み切った月の光が川に射し込み、網代に集まっている氷魚が美しい藻の間で照らされた様子を描いたもので、銀に光る小ぶりな魚を「玉藻に冴ゆる氷」と喩えた点が印象的です。

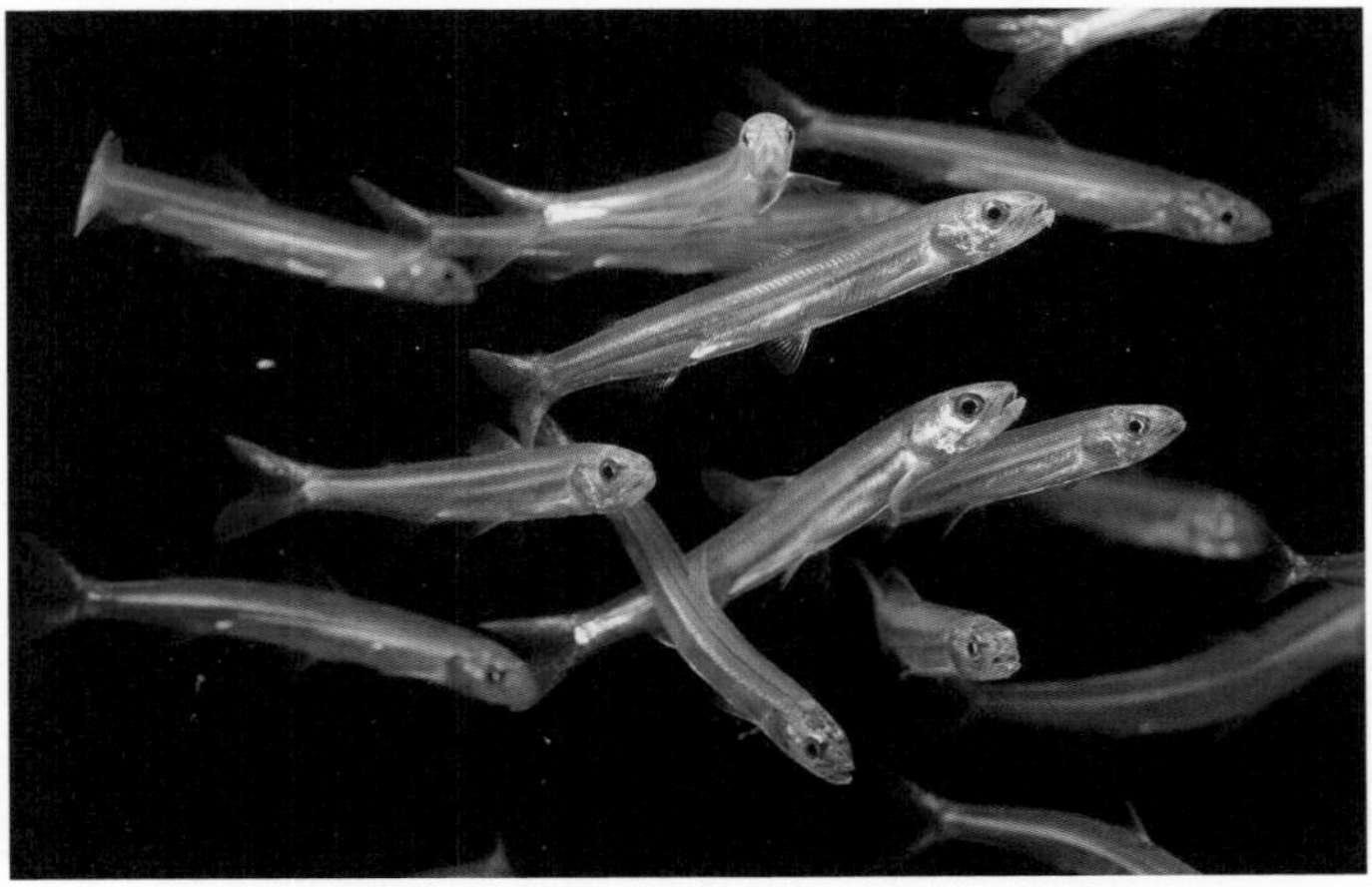

氷魚（©uchiyama ryu/nature pro. /amanaimages）

淡路島　通ふ千鳥の　鳴く声に　いく夜寝
ざめぬ　須磨の関守

（金葉・冬・二七〇・源兼昌）

この和歌も「金葉集」の冬部にあり、「関路の千鳥」の題で詠まれた歌で、「百人一首」にも入っています。須磨の関所の番人が、淡路島から瀬戸内海を渡って来る千鳥の鳴く声で目覚めさせられたのは幾晩なのか、きっと数多いことだろう、という内容です。千鳥の鳴き声は哀感を誘うとされていて、一人寂しい関守は、千鳥の声でいっそう眠れなくなるだろうと想像しているのでしょう。この歌は「冬の夜(2)」で紹介する、「源氏物語」の「須磨」の巻の光源氏の歌（「友千鳥もろ声……頼もし」）に基づくとも言われます。それならば、千鳥に寂しさを慰められているという理解もできます。

最後は「新古今集」で「湖上冬月」の題で藤原家隆が詠んだものです。

志賀の浦や　遠ざかり行く　浪間より　凍りて出づる　有明の月

（新古今・冬・六三九・藤原家隆）

琵琶湖の湖面が、冬の寒気で岸から徐々に氷を張ってゆき、そのために波は遠ざかってゆきます。深夜に上る有明の月も寒さで凍って現れるだろうと想像した歌です。湖の冬を写実的に表しつつも、誇張した月の比喩によって情景の雰囲気を説得力あるものにしています。

紀貫之を先がけにして、寒く厳しい冬の夜の美に目覚め、それは時代が下るにつれて重んじられるようになります。

冬の夜(2)―春秋を越えて魅了する―

冬が本格的になるにつれ、空気が澄み、晴れた日は月が一層美しく感じられます。「冬の夜(1)」では、「万葉集」から「新古今集」までの冬の夜の和歌を紹介しました。「冬の夜(2)」では、「源氏物語」と「更級日記」における冬の夜への評価を中心に紹介します。

「枕草子」に見られる冬の夜

平安貴族が接した折々の自然美を典型的に描いて見せたと言えば、「枕草子」がまず注目されます。初段での「春は曙……」で始まる、四季それぞれで最も心惹かれる時刻と事柄の記述は有名ですが、冬については、「冬はつとめて」と、まず早朝こそを第一とします。夜についても魅力なしとしたわけではなく、「忍びたる所ありては」の段で触れています。

冬の夜、いみじう寒きに、埋もれ臥して聞くに、鐘の音の、ただ物の底なるやうに聞こゆる、いとをかし。（冬の夜、とても寒い時に、埋もれ伏して聞くと、鐘の音がまるで何かの底からであるかのように聞こえるのはとても面白い。）

と、冬の夜の、あまりの寒さで、夜具に埋もれて寝ているところに、寺の鐘の音が低音でずーんと響いてくることが面白いと言います。しかし、その後は、

鶏の声も、はじめは羽の内に鳴くが、……明くるままに、近く聞こゆるもをかし。

（鶏の声も、はじめは羽の中にくちばしを埋めたまま鳴く声が、……しだいに明けてくるに従って、近く聞こえるもおもしろい。）

と明け方の鶏の声への関心に続いてゆき、結局その時々の魅力を語って、夜だけを特別視しているのではないとわかります。それは、むしろ自然なことで、これから紹介する「源氏物語」以下が特殊のようにも思えます。

「源氏物語」に見られる冬の夜

「源氏物語」には、数箇所で冬の夜に関わる記述が見られます。

まず「須磨」の巻です。都での立場を失った主人公の光源氏は、都から遠い須磨で侘び住まいをしながら冬を迎えます。

冬になりて、雪降り荒れたるころ、空の気色も、ことに凄くながめ給ひて、琴を弾き

冬の夜の雪

すさび給ひて、…（冬になって雪が降り荒れているころ、空模様もわけて荒涼としているのを、ものさびしい思いでじっとお見つめになって、琴を心まかせにお弾きになって、……）

と始まり、源氏は漢代に北方の匈奴に嫁した王昭君や、右大臣で讒言を受けて太宰府に左遷された菅原道真を我が身に重ねて憂えます。

その情景は、

月、いと明かうさし入りて、はかなき、旅のおまし所は、奥まで隈なし。床の上に、夜深き空も見ゆ。入り方の月かげ、すごく見ゆるに、……例のまどろまれぬ暁の空に、千鳥いとあはれに鳴く。（月がじつに明るくさしこんできて、かりそめの粗末な旅の御座所だから、奥まで暗がりの所がない。床の上には深夜の空も見える。入り方の月影が身にしみて物寂しく見えるので、……例によって、まんじりともなされないでいらっしゃる夜明けの空に、千鳥がまことにあわれ深く鳴く。）

と、冬の冷たい月の光が、がらんとした部屋の奥まで射し込む中で眠られずに明け方近くまで過ごし、

いづかたの　雲路に我も　迷ひなむ　月の見るらむ　ことも恥づかし
友千鳥　もろ声に鳴く　暁は　ひとり寝ざめの　床もたのもし

の二首の和歌を詠みます。一首目は、寄る辺ない我が身を彼方から照らす月の前に恥じ、二首目では、二羽の千鳥の声に力づけられ孤独を慰めます。物語は、その後、明石入道の登場と、その姫・明石君との出会いへと進みますが、この冬の夜の極限的とも言える状況が、源氏が再び都に戻って活躍する再生へのきっかけとなっているようにも見えます。

冬の夜の価値について源氏自身が確信して語る場面が、「朝顔」の巻の次の記述です。

時々につけても、人の心を移すめる花・紅葉の盛りよりも、冬の夜の澄める月に雪の

冬の月

光あひたる空こそ、あやしう色なきものの、身にしみて、この世のほかの事まで思ひ流され、面白さもあはれさも残らぬ折なれ。すさまじきためしに言ひおきけむ人の心浅さよ。（四季折々につけ世間の人が心を移すという桜や紅葉の盛りよりも、冬の夜の澄んだ月に雪の映えあっている空が、色はないけれど不思議に身にしみて、来世のことにまでも思いを馳せずにはおられないというわけで、見た目の美しさもしみじみとした情感も余すところなく感じられる折です。興ざめなものの例に言い残しておいたとかいう人の考えの浅いことよ。）

梅や桜の花咲く春や色鮮やかな紅葉の秋より、冬の夜に澄んだ月の光に雪が煌めく空は白く透明なだけだが身に染みこみ、時を越えた世界まで思わせられ、心を深く揺するほどの感動があると言うのです。同時に冬の夜に価値を認めない人たちを浅薄な見方だと批判もしています。

源氏のこの思いは、「若菜下」の巻にも示されています。

冬の夜の月は、人に違ひて賞《め》で給ふ御心なれば、面白き夜の雪の光に、折に合ひたる手ども、弾きたまひつつ……（冬の夜の月を、普通の人とは違って、ご賞美になられる大殿のご性分であるから、風情ある夜の雪の光の中で、おりからの季節にふさわしい曲の数々をお弾きになっては、……）

冬の夜の月明かりで雪が照らされる中、源氏が琴を弾く場面ですが、一般とは異なる価値観だとことわっています。光源氏のこの主張は、当時の新たな美への価値観で、「冬の夜(1)」に挙げた紀貫之の和歌が評価されて「拾遺集」に入ったことも、同じ頃だから可能になったのだろうと思われます。

冬の夜を称える新たな価値観

「源氏物語」の美意識を受け継いでいるのが「更級日記」です。作者の菅原孝標女が中

冬の夜の月と雪

年になって宮仕えをした中で、唯一雅びな男性貴族と春秋の美を語り交わす場面があります。その人物とは、源資通という、大臣・納言に続く参議という官職を経て、従二位に至った人物です。官位だけでなく、風雅の道では、「琵琶血脈」という琵琶演奏についての師から弟子への相承系図に名前が載っている琵琶演奏の名手でもあったようです。「冬の夜(1)」に〈月清み瀬々の網代…〉の和歌を引用した源経信が、この資通の弟子であることも、「琵琶血脈」に示されています。この資通と孝標女が会ったのは、ともに三十代の後半で、人生経験も美意識も十分成熟しているころです。日記では、その人の言葉に、春秋それぞれの素晴らしさを紹介した後で、冬の夜の、空さへ冴えわたりいみじきに、雪の降り積もり光りあひたるに、篳篥《ひちりき》のわななき出でたるは、春秋もみな忘れぬかし。（冬の夜の、外気はもとより空まで冴えわたりひどく寒い折、雪が降り積もって、月の光に照りはえているところに、篳篥の音がふるえるように聞こえてくるのは、春秋もみな忘れてしまう趣ですよ。）

と、春秋を越える冬の夜への推奨があります。篳篥とは雅楽で用いる丈の短い縦笛で、月と雪の美しさに溶け合う音色だと言うのでしょう。また、彼は、伊勢の斎宮《さいぐう》（伊勢神宮の神に仕える未婚の皇女）への勅使として下ることがあって、その任務を終えての帰京直前に受けたもてなしで感激したことを語ります。原文は長いので、少し省略して掲げます。

暁に上らむとて、日ごろ降り積みたる雪に月のいと明かきに、……いと由深く、昔の古事ども言ひ出で、うち泣きなどして、よう調べたる琵琶の御琴をさし出でられたりしは、この世の事とも覚えず、夜の明けなむも惜しう、京のことも思ひ絶えぬばかり覚え侍りしよりなむ、冬の夜の雪降れる夜は、思ひしられて、火桶などを抱きても、必ず出で居てなむ見られ侍る。（明朝は早々に帰京しようと思い、数日来、降り積もった雪に月が非常に明るく、……たいそう嗜みも深く昔の思い出話などをして、涙を浮かべたりして、よく調子のととのえてある琵琶をさし出し一曲所望なさったのは、この世のうつつとも思われず、夜の明けるのも惜しまれ、帰京のことも忘れてしまうほど深い感銘をおぼえたことでした。私はそれ以来、冬の夜の雪の降っている晩の風情がわかるようになり、火桶を抱えていても必ず縁先に出て、外の景色をながめるようになりました。）

夜明け直前の出発を考え、何日も降り積もった雪を月が照らすころに、斎宮に退出の挨拶に参ったところ、何と天皇五代に仕えたという古参の女房が応対して、昔話などを涙交じりに語った後で、すぐにも弾ける用意をした琵琶を出されて、神々しい雰囲気で実際のことと信じられないくらいで、夜が明けるのも惜しく、京に帰ることも忘れるほどに思って、それからは冬の夜で雪が降った夜は、その素晴らしさがわかって火桶を抱いてでも必ず端に出て景色を見てしまう、というのです。

ここには、「源氏物語」の「朝顔」の巻に書かれた「この世のほかの事まで思ひ流され……」に通じる、現実離

琵琶

れした空間に誘い出されたような、夜明けを惜しみ、帰るべき京の都も忘れるほどの、そして実際にある外気の寒さなどものともしないというほどの感動が読み取れます。日記の文章にはありませんが、ここまでの感動の裏には、出された琵琶を演奏し、琵琶の達人でもあるだけに、その音色によって、弾いている自分の心身と、空の月や周りの雪の景から成る空間の全体が一体化するような感覚があったのでしょう。

寒く厳しい冬の夜の美については、「冬の夜(1)」で紹介した紀貫之を先がけにして目覚め、「源氏物語」・「更級日記」での自覚的認識を経て、時代が下るにつれていっそう重んじられるようになったのだと思います。その到達点とも見られるのが、かなり粗雑な見取り図ですが、室町時代の心敬という連歌師の代表的な言葉「氷ばかり艶なるはなし」ではないかという想像をします。

寒中水泳や滝行など、凍える寒さの中での厳しさに身を置くことで、逆に新たな生命力を得ることがあるといいます。冬の夜の美に強く惹かれた昔の人々も、そこに現実のあるがままの世界を越えるエネルギーを感じ取っていたのかもしれないと思います。

雪(1)―白い美しさに親しむ―

冬到来の象徴とも言えるのが雪です。雪は特に豪雪地域に暮らす人々にとって悩みの種です。優雅な貴族文化の世界は、その点で非現実的とも見えますが、どうでしょうか。彼らが雪とどのように向き合っていたのかを見たいと思います。

「万葉集」の雪―豊作の前兆

雪に対して、古代の人々が寒さつのる辛い日々の生活を、いっそう困難にする忌まわしいものと見ていたとは容易に想像できます。まず「万葉集」から見ると、「山路も知らず…雪の降れれば」と、山道を雪が覆い隠して人々の通行を困難にするというものも見いだされますが、雪は意外なほど歓迎されています。例えば、

沫雪《あわゆき》は 千重に降りしけ 恋しくの 日《け》長き我は 見つつ偲はむ（万葉・巻十・二三三四・人麿歌集）

では、作者は降り積もる雪を望み、その雪を見て長く思う恋人を偲ぼうと言います。同じように降る雪を望んで詠むものは、「降る雪は　五百重《いほへ》降りしけ　明日さへも見む」など、他にも多くあります。こうした見方の根底には、

新《あら》しき　年の初めに　豊の年　しるすとならし　雪の降れるは

（万葉・巻十七・三九二五・葛井諸会）

のように、雪がその年の豊作になる前兆だ（しるすとならし）、という考えが関わるのかもしれません。

雪を歓迎し楽しむ心から、何と雪の彫刻まで作って歌を添えることもありました。

なでしこは　秋咲くものを　君が家の　雪の巌《いはほ》に　咲けりけるかも

（万葉・巻十九・四二三一・葛井諸会）

この歌は、詞書に「積む雪に重巌《ちょうがん》の起《た》てるを彫り成し、巧みに草樹の花を綵《いろど》り発す

朝ぼらけの雪

……」とあって、大雪を岩山の彫刻にして造花を飾って、それを詠んだのでしょう。撫子《なでしこ》は秋咲く花なのに、冬のあなたの家の雪の岩に咲いていているよと詠んでいます。

平安和歌の雪—吉野山、人を隔て、花に喩える

「古今集」で冬部の大半は雪の歌ですが、その中で平安和歌での雪についての基本的な詠み方はほぼ示されています。以下では「古今集」の歌を主に見てゆきます。まず、吉野山に降る初雪への想像から詠まれます。

夕されば　衣手寒し　み吉野の　吉野の山に　み雪降るらし

（古今・冬・三一七・読人しらず）

吉野の雪は、ほかに「百人一首」でも知られる、

朝ぼらけ 有明の月と みるまでに 吉野の里に 降れる白雪　（古今・冬・三三二・坂上是則）

などもあり、この時代の人々にとって、格別な思いが込められた土地のようです。雪にまつわる地名では、吉野以外でも古代からの地名が多いようです。降り積もる雪には歴史的な重みを感じさせる面もあります。

また、この歌では朝の雪の明るさが有明の月の光に喩えられていますが、似た詠み方で、「夜ならば月とぞ見まし……降り積もる雪」（後撰・冬・四九六・読人しらず）などともあるように、雪と月の重なりはひとつの類型です。

雪は吉野以外でも、山に降り積もることが多く、そこには人の訪れも途絶えがちだと詠まれます。その典型は、「伊勢物語」にあります。この物語の主人公と言うべき在原業平が、敬慕した惟喬《これたか》親王の出家の地を訪れる場面です。

……小野に参でたるに、比叡の山の麓なれば、雪いと高し。……や丶久しくさぶらひて、いにしへのことなど思ひ出で聞こえけり。……

雪の山里

忘れては　夢かとぞ思ふ　思ひきや　雪踏み分けて　君を見むとは
（伊勢物語・八三段）

業平は、親王とともに狩や和歌などに興じた昔話に花を咲かせ、その去り際に歌を詠みます。今の現実が夢かと思えます、人の訪れもない地に雪を踏み分けてやってきて、僧の身となった親王に会うなど想像もできませんでしたと。雪は親しい人との隔ての象徴でもあり、

我が宿は　雪降りしきて　道もなし
踏み分けて訪ふ　人しなければ
（古今・冬・三二二・読人しらず）

のように、人が雪を踏み分けて来なければ孤独の寂しさを表し、逆に上に見た業平歌のように踏み分け訪れることは強い愛情表現になります。そうしたことが前提になってか、雪を詠む歌には、他にも「人も通はぬ道」「道惑ふ・道分け侘ぶる・道は絶えぬ」「かき分けて」「跡絶えて・跡もなき」「踏ままく惜しき」などの表現が見られます。

雪は道を閉ざして人に厳しい面を見せる一方で、美しい月を思わせることと同時に花にも喩えられます。

白雪の　所も分かず　降りしけば　巌にも咲く　花とこそ見れ

（古今・冬・三二四・紀秋岑）

雪は分け隔てなく降るので、大きな岩までも花が咲いたと見えると讃えられます。これは雪の純白の美しさを詠みますが、同じく花に喩える、

雪降れば　木ごとに花ぞ　咲きにける　いづれを梅と　分きて折らまし

（古今・冬・三三七・紀友則）

雪の花

は、冬の枯れ枝にまで付いた雪を白い梅の花かと見ています。これが春の花への喩えであることからすると、雪を見つつ、その先に暖かくなる春を望む心があって喩えたのではないかとも思われます。

しかし一方で、冬ではない歌で、花を雪に喩える例も多くあります。それらは冬を望んだものとは思えません。

またや見む　交野《かたの》の御野の　桜狩り　花の雪ちる　春のあけぼの
（新古今・春下・一一四・藤原俊成）

卯の花の　咲ける辺りは　時ならぬ　雪ふるさとの　垣根とぞ見る
（後拾遺・夏・一七四・大中臣能宣）

雪に紛う卯の花

一首目の交野は、大阪府にある狩場として名高く、前出の業平と惟喬親王の交歓の地でした。そこに咲いた桜のあまりの美しさに、もう一度見に来たいと言うのですが、それは特に春の明け方の光の中で桜の花が雪が舞うように散る様だと言います。二首目は夏の歌ですが、白一色の卯の花が咲いた垣根を、雪が一面に覆った美しさに喩えています。桜や卯の花を雪に喩えることで美しさをリアルに具体化させています。花であって雪でもあり、季節に縛られずに極上の美しさを主張しています。

雪(2)—愛でて楽しむ—

前項で見たように、雪は人々の生活に困難をもたらすものとしてより、美しさを愛で、冬という季節の楽しみとされて多くの和歌に詠まれていました。ここでは、和歌から「枕草子」に範囲を広げて、雪について紹介したいと思います。

雪を愛でて楽しむ

「万葉集」から、雪で岩山を彫刻して造花を挿し、和歌を詠んだ例を「雪(1)」で紹介しましたが、似た例は平安和歌にもあります。まずは、「拾遺集」の例です。

雪を島々のかたに作りて見侍りけるに、やうやう消え侍りければ

わたつみも　雪げの水は　まさりけり　をちの島々　見えずなりゆく

（拾遺・雑秋・一一五二・具平親王）

雪を箱庭のような中に、いくつかの島が並んだように固めたものが徐々に溶けたてきた様子を、海（わたつみ）でも雪解けの水量が増して遠く（をち）の島々が沈んで見えなくなると和歌に詠んでいます。

次の歌は「詞花集」にあるものです。

太皇太后宮、賀茂の斎院《いつき》ときこえ給ける時、人人参りて鞠つかうまつりけるに、硯の箱の蓋に雪を入れて出だされて侍りける敷紙に書きつけて侍りける

桜花　散り敷く庭を　払はねば　消えせぬ雪と　なりにけるかな

（詞花・春・三七・摂津）

これは、「後二条師通記」という漢文日記に、康和元年（一〇九九）三月十七日の記事として見えて、白河院皇女令子内親王が斎院（賀茂神社に仕える未婚の内親王）だった頃、桜が散る中で蹴鞠が催された時に詠まれた歌です。「古今著聞集」の蹴鞠の話にも見え、童が「蒔絵の手箱の蓋《ふた》に薄様《うすやう》敷きて雪を多く盛り」とあり、薄様とは薄い紙で、和歌はそれに書かれたのでしょう。雪は春下旬の暑さしのぎに特に用意されて出されたようです。庭の桜と紙に乗せられた雪から発想して、桜の花が散り敷いてある庭を払わないので、そこは

散り敷く桜の花を雪と見る

消えない雪になったよと詠んでいます。桜と雪をともに愛でようとした歌です。

二つの例は、和歌内容も面白いですが、雪そのものの扱いまで興味深く、まさに雪を楽しんでいると思われます。

「枕草子」の雪―雪山を作る

平安の人々が雪を楽しみにしたことを知る好例は「枕草子」です。「枕草子」で雪に触れている箇所をいくつか挙げてみます。冒頭の初段から、「冬はつとめて。雪の降りたるは言ふべきにもあらず」と、冬の早朝の雪を挙げますが、「あて（上品）なるもの……梅の花に雪の降りかかりたる」、「めでたきもの……広き庭に雪の厚く降り敷きたる」とあり、

雪が残る桧皮葺

なお繊細な感性を示したものには、

> 雪は、桧皮葺《ひはだぶき》、いとめでたし。すこし消え方になりたるほど。また、いと多うも降らぬが、瓦の目ごとに入りて、黒う丸《まろ》に見えたる、いとをかし

があります。桧皮葺とは、桧《ひのき》の皮で屋根を葺いたもので、貴族の邸宅に用いられ、現在の京都御所などに見られます。瓦葺きと別にそれぞれ屋根に付いた雪への趣味を示しました。

「枕草子」全体を代表する有名な一話は、「雪のいと高う降りたるを、例ならず御格子まゐりて」で始まるもので、清少納言が一条天皇の中宮（后）定子にお仕えしていたある日、外は雪深く積もっているのを、珍しく仕切りの戸の格子を閉ざしていて、と始まりま

す。そこに御主人の定子が「少納言よ、香炉峯の雪いかならん」と言葉をかけ、清少納言が、「御格子あげさせて、御簾を高くあげ」るのですが、それは、「香炉峯の雪は簾をかかげて看る」という白氏文集の詩句そのままの動作で、定子の一言に清少納言が即座に応じたことが一座の大きな感興を得るというものでした。この話は清少納言の漢学の教養とか定子との打てば響く関係という面ばかり注目されますが、発端は折角の美しい雪景色を閉ざしていることを定子が惜しんだのだということも留意すべきです。

こうした雪が関わる話の中で、白眉とも言える話が、雪山を作るという話です。冒頭が

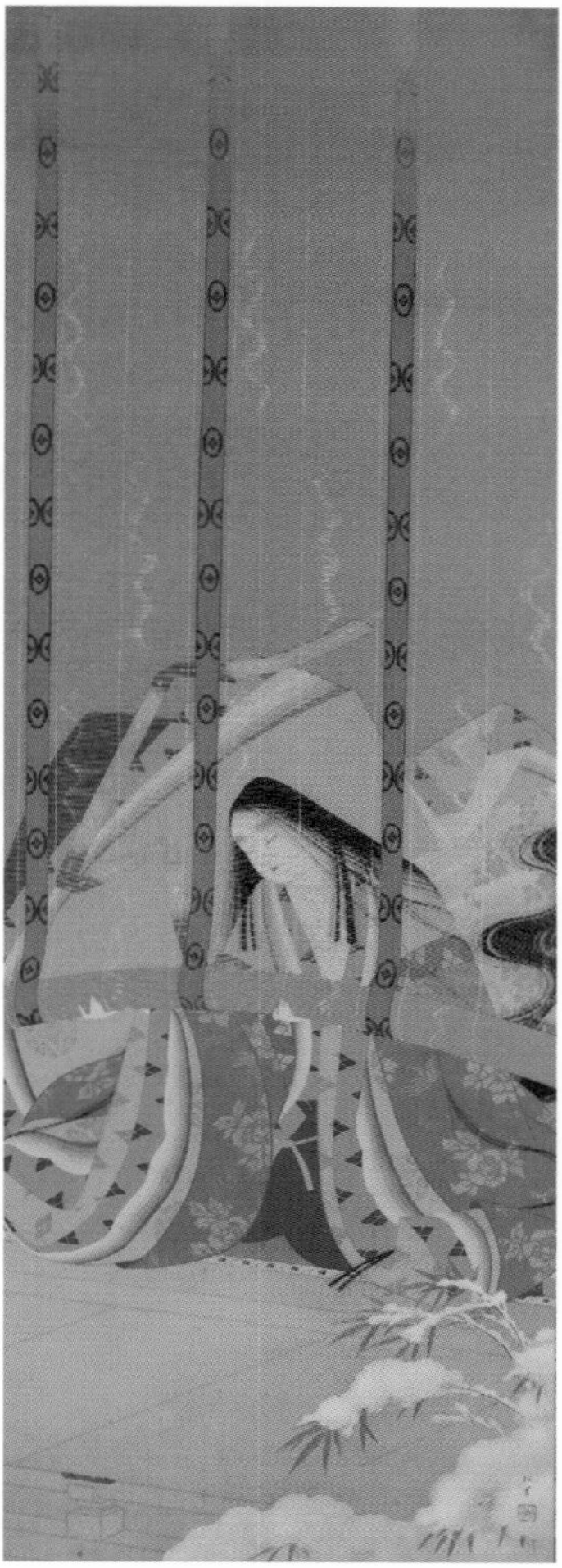
「香炉峯の雪」(「雪月花」のうち「雪」　上村松園　宮内庁三の丸尚蔵館蔵)

「職の御曹司におはしますころ、西の廂に」、とある長大な一段の途中から始まります。ある年—長徳四年（九九八）とされます—の「師走の十余日」が大雪になり、清少納言達仕える者は御主人定子のもとで、「庭にまことの山を作らせん」ということになって、邸の庭に雪の山を作ります。完成後、定子に「これ何時まであリなむ」と問われて、他の者は年内ぐらいとするところ、清少納言だけが逆らって、「正月の十余日」と答えます。その後、雨が降ったり、物乞いの女が山に上ったりしながら、新年を迎えます。元旦の夜に大雪になりますが、定子の指示で新たな雪は取り除かれてしまいます。雪山は日を経て黒く汚れながらも保ち、清少納言は十五日まであればと期待します。その後、定子が内裏に入るのに従ったり、清少納言も実家に帰るので、庭番にあとを任せますが、雪山が気がかりで人を見に送ったりします。十日になり期待は高まる一方、またも十四日夜に雨が降り不安で迎えた翌朝、定子に献上するために人を送って雪を取らせようとしたところ、何と雪山はかき消すようになくなったとの報告です。雪に添える歌の用意も無駄かと落胆する清少納言は、定子からの問いかけにも、誰か私を憎む人が雪を捨ててしまいましたと返事を伝えます。数日後、清少納言は雪の山への並々でない思いを定子に語りますが、何と雪山を破壊させたのは定子だと明かされます。そして、「今は、かく言ひあらはしつれば、同じ事、勝ちたるなり」と、最初の清少納言の見通しが正しかったと認められて、お話は決着します。

この話は、定子の中関白家が政争に敗れて苦境にあった時代のこととされて様々に問題視されています。それらは一切省略しますが、なぜ定子が雪山を破壊させたかのみ考えたいと思います。代表的な説明は、清少納言の予測が正しかったとなると、女房社会で目立ち過ぎになるので、定子がそれを避けるために雪山を崩したというものです。「枕草子」には、香炉峯の雪の話も含めて清少納言の自賛談が目立つとはよく言われることです。周囲の反感は想像可能なことで、清少納言を特に大

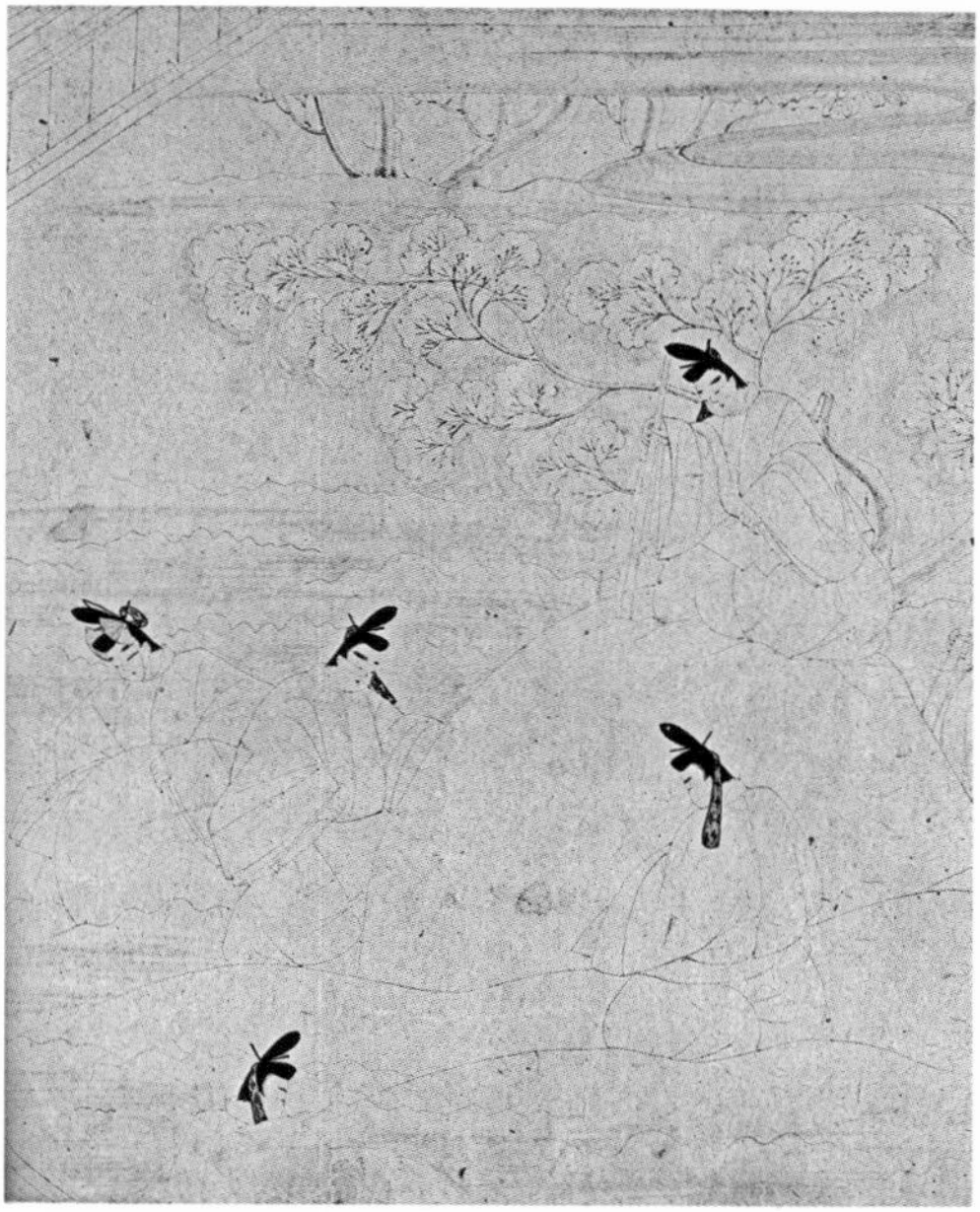

「雪山」(「枕草子絵詞」「日本絵巻大成 10」、中央公論社)

事にしていた定子なら取り得る判断だとされます。

しかし、筆者は、定子はそのようなやり方で清少納言と周囲との関係悪化を避けようとするだろうかと疑問に思います。むしろ、類似した話として、清少納言の初宮仕えの話が連想されます。定子の許に初めて参上した夜、清少納言は緊張して少しも早くその場から去りたいと思っています。しかし、夜明けになって外部との仕切り戸の蔀《しとみ》を上げる時刻にもかかわらず、定子はそれを差し止めて清少納言を離さず、しばらくそのまま話した後にやっと解放するのです。そこも「ゐざり隠るるや遅きと、（御格子を）上げ散らしたるに、雪降りにけり」と、清少納言が膝を突いたまま退くやいなや、暗い室内が開け放たれて、一挙に雪の白さに照らし出される印象的な場面です。結果的に初お目見えから、清少納言は定子のお気に入りとなります。この時の定子の、いわば相手を厳しくぎりぎりまで追い込んでおいて、そこで深い慈しみを示すという方法が雪山の話も同じではないかと思うのです。元日に降った雪を除かせ、最後は日限まで姿のあった雪山を大胆にも消滅させて、清少納言の自信も期待も一挙に奪い、失望落胆の淵に追い込んで、しかし、「実は私が犯人で、勝ちは清少納言だよ」と言った時、清少納言は初め何やら整理がつかず混乱します。本文では居合わせた帝が、勝ちと言われて喜ぶでもない清少納言を定子のお気に入りらしくないと言ったり、定子が雪を棄てさせたのは、ただ賭で清少納言に勝たせたくなかったからだろうなどという、軽い揶揄で終わっています。しかし、時が経つにつれて、清少納言は「……勝ちたるなり」の言葉を繰り返し反芻することで、賭に勝った喜びが湧いてくると同時に、ここまですべてが定子の演出であって、そのように筋道を作った定子の自分に寄せる思いの深さがわかり、大きな感激が心に満ち溢れるようになって、それがこの話を書く発端だったのではないかと思います。初宮仕えの段も雪山の段も、清少納言の記述した意図は、そうした定子の愛情への礼賛こそが大きいのではないでしょうか。定子は、まさにこのような清少納言の反応をも予測して事を進めたというのが、筆者の考えです。

雪山作りは、「源氏物語」の「朝顔」の巻にも見え、少し後の順徳院の著した「禁秘抄」という故実書にもありますが、「大略一条院御時以後也、清少納言ガ記ニ其ノ子細在り」とあって、「枕草子」の話が特記されています。

結びに代えて

平安和歌を中心に周辺の「万葉集」や物語・日記などの散文まで含め、一年の間で注目される事象への和歌としての詠まれ方や散文での描かれ方を粗々辿ってきました。扱った事象は、動物が2（時鳥・蛍）、植物が7（梅・桜・山吹・藤・荻・萩・紅葉）、天象が7（霞・梅雨・月・霧・時雨・冬の夜・雪）、行事が3（菖蒲・七夕・盆）でした。もとより、これらは筆者の任意で選んだものでしかなく、その中で、例えば「月」は「八月十五夜」のみの記述ですから、行事に入れるべきとも言えます。

それらは、人々を取り巻き変化して循環する環境であり、生活上に設けた折々の節目ですが、全体を通じて言えることは、昔の人々が時に応じて、生活する身近な周囲・環境に対して常に関心を持ち、まさにそれらとともに生きてきたということです。そして、これらの事象は視覚・聴覚・嗅覚、そして触覚まで含めての美的な楽しみであり、生活の節々で人々の心の世界まで様々に色づけ、豊かさをもたらしてきたものですが、時に人生や世界への思索を導いていることもあります。

別に、全体を通して見る中で、季節の好みが時代の進展に伴って、春の暖かさ・明るさ・鮮やかさから、秋冬の冷たさ・暗さ・単色へと時代的に移ってゆくことも確認できました。平安時代から次の中世へ向けての美意識の変化の反映と言えます。なお別な観点から全体を見直すことも可能かもしれません。

最後に、日本人が「和」を重んじ、関わりある人と人の結びつきの中で生きる実感を持つ上で、採り上げた個々の事象が、共通の文化的イメージを前提としつつ、各状況での様々な感情や対応の多様性を仲介として、コミュニケーションを成り立たせ、それを深め広める役割を果たしていたことを確認したいと思います。

主要参照文献

大歳時記（集英社・平成元年刊）
歌ことば歌枕大辞典　久保田淳・馬場あき子編（角川書店・平成11年刊）
和歌植物表現辞典　平田喜信・身﨑壽著（東京堂出版・平成6年刊）
平安朝の年中行事　山中裕著（塙書房・昭和47年刊）
王朝びとの四季　西村亨著（講談社学術文庫・昭和54年刊）
荊楚歳時記　宗懍著・守屋美都雄訳注（平凡社　東洋文庫・昭和53年刊）
古今和歌集　小町谷照彦訳註（ちくま学芸文庫・平成22年刊）
古今和歌集全評釈　片桐洋一著（講談社・平成10年刊）
後拾遺和歌集　久保田淳・平田喜信校注（岩波文庫・令和元年刊）
詞花和歌集　工藤重矩著（岩波文庫・令和2年刊）
新古今和歌集　久保田淳校注（角川ソフィア文庫・平成19年刊）
和泉式部日記　近藤みゆき訳注（角川文庫・平成15年刊）
新撰朗詠集　柳沢良一校注（明治書院　和歌文学大系・平成23年刊）
古事記・万葉集・竹取物語・宇津保物語・伊勢物語・大和物語・蜻蛉日記・枕草子・源氏物語・更級日記・和漢朗詠集・栄花物語・堤中納言物語・古今著聞集（小学館　新編日本古典文学全集）
続日本紀・後撰和歌集・拾遺和歌集・金葉和歌集・千載和歌集・袋草紙（岩波書店　新日本古典文学大系）
平安朝歌合大成　萩谷朴著（同朋社）
文選・白氏文集（明治書院　新釈漢文大系）

図版出典

霞　7頁（photoAC）／9頁（photoAC）／11頁（photoAC）

梅　17頁（PIXTA）／19頁「伊勢物語絵巻」四段（「日本絵巻大成23」、中央公論社）／23頁（photoAC）

桜(1)　27頁（photoAC）

桜(2)　31頁（photoAC）／33頁（photoAC）

桜(3)　37頁（photoAC）／39頁（photoAC）

山吹　43頁（photoAC）／44頁（photoAC）／47頁（photoAC）

藤　51頁（photoAC）／53頁「山水屛風」（京都国立博物館蔵）／57頁（photoAC）

菖蒲　62頁（photoAC）／63頁（photoAC）／65頁「薬玉の枇杷　美人花競」尾形月耕　https://commons.wikimedia.org/wiki/File: 薬玉の枇杷　美人花競 .jpg（Public domain/Wikimedia Commons）／66頁（PIXTA）／69頁（加茂荘花鳥園）

時鳥　73頁（PIXTA）／77頁（photoAC）／79頁（PIXTA）

梅雨　85頁（photoAC）／87頁（photoAC）／91頁（著者撮影）

蛍　95頁　https://commons.wikimedia.org/wiki/File:Firefly_ ホタル _ 蛍_Hotaru.jpg（yellow bird woodstock/ Wikimedia Commons）／99頁（photoAC）／101頁（photoAC）／103頁　https://ja.wikipedia.org/wiki/ ファイル :Kibune7256.jpg（mariemon/Wikipedia）

七夕　112頁（photoAC）／113頁（photoAC）／119頁（photoAC）

盆　121頁（photoAC）／125頁（photoAC）／127頁（photoAC）

荻　133頁（photoAC）／135頁（photoAC）／137頁（photoAC）

萩　141頁（photoAC）／144頁（photoAC）／145頁（photoAC）／148頁「諸国六玉川　近江野路」（「武者无類外二三枚続キ画帖」　国立国会図書館）

月　151頁（photoAC）／155頁（©Alamy Stock Photo/amanaimages）／160頁（PIXTA）／161頁（photoAC）

紅葉　163頁（photoAC）／166頁（Pixabay）／169頁（Pixabay）

霧　173頁（photoAC）／175頁（photoAC）／177頁（PIXTA）

時雨　183頁（photoAC）／186頁「上畳本三十六歌仙絵」https://commons.wikimedia.org/wiki/File:Saigu_Nyogo.jpg（Public domain/Wikimedia Commons）／189頁（photoAC）

冬の夜⑴　193頁（photoAC）／195頁（PIXTA）／197頁（©uchiyama ryu/nature pro./amanaimages）

冬の夜⑵　201頁（photoAC）／203頁（photoAC）／205頁（©balaikin/amanaimages PLUS）／207頁 https://commons.wikimedia.org/wiki/File:Gifujyou5848.JPG（Jnn/Wikimedia Commons）

雪⑴　211頁（photoAC）／213頁（photoAC）／215頁（photoAC）／216頁（PIXTA）

雪⑵　219頁（photoAC）／220頁（PIXTA）／221頁「雪月花」上村松園（宮内庁三の丸尚蔵館蔵）／223頁「枕草子絵詞」（「日本絵巻大成10」　中央公論社）

あとがき

平成の最後の年に七十歳を迎え定年退職し、その一年後に昔の卒業生から、「先生、退職して暇でしょ、WEBでコラムを書きませんか」との誘いを受け、論文というより、古典についてのエッセイで、教室で思いついた古典への感想などを書くのなら、ちょうど良い機会だと思いました。半世紀に渡って関心を寄せてきた平安和歌で、その一つのジャンルとして四季の歌についてなら書けそうに思ったのです。実際には、始めてすぐに事前に思い浮かべていたことは種切れになり、毎回の四苦八苦となったのですが、そのお陰で毎回のように新たに学び知ることがありました。苦しくも楽しい日々が続き、一年でちょうど一巡したので全体をまとめ、それを退職記念とすることにしました。

古典にまったく縁がなかった人でも、読みやすく楽しんでもらえることを第一に重んじ、少しくどいくらいに現代語訳と説明を重ねたつもりです。現状として、大学入試で古文を課す大学・学科はきわめて限られるようになっているのは憂うべきことで、私どもの文化遺産である古典の価値を多くの方々に再認識してほしいというのが心の底にある願望です。その意味で、少しでも多くの方々に読んでもらえることを願い、夢想しています。

最後に、このエッセイの執筆を勧めて下さった平間美樹氏、そして、このようなエッセイの出版を快諾し、すべてお世話下さった風間敬子氏に篤く感謝申し上げます。

柏木由夫

令和三年十月一日

著者略歴
柏木由夫（かしわぎ　よしお）
昭和24年、東京生。東京教育大学文学部卒、同大学院修士課程修了。海城学園中学高校、昭和学院短期大学を経て、大妻女子大学を平成31年定年退職。大妻女子大学名誉教授。
『金葉和歌集　詞花和歌集』（共著　新日本古典文学大系9　岩波書店・平成元年刊）、『平安時代後期和歌論』（風間書房・平成12年刊）『金葉和歌集・詞花和歌集』（共著　和歌文学大系34　明治書院・平成18年刊）など。

平安和歌・物語に詠まれた日本の四季

二〇二一年一〇月三一日　初版第一刷発行

著　者　柏　木　由　夫
発行者　風　間　敬　子
発行所　株式会社　風　間　書　房
101-0051　東京都千代田区神田神保町一―三四
電　話　〇三―三二九一―五七二九
ＦＡＸ　〇三―三二九一―五七五七
振　替　〇〇一一〇―五―一八五三
装幀　松田静心
印刷　平河工業社　製本　井上製本所

NDC分類：911.13
ISBN978-4-7599-2409-1　Printed in Japan